Kahraman Tazeoğlu

KIYISIZLAR

DESTEK
yayınevi

DESTEK YAYINEVİ: 281
EDEBİYAT: 85

KIYISIZLAR / KAHRAMAN TAZEOĞLU

Genel Yayın Yönetmeni: Ertürk Akşun
Editör: Ayten Koçal
Kapak Tasarım: İlknur Muştu
Sayfa Düzeni: Cansu Poroy
Kapak Fotoğrafları: Okşan Mete

Destek Yayınları: Aralık 2012
2. Baskı: Kasım 2012
3.- 4. Baskı: Ocak 2013
5. Baskı: Şubat 2013

Yayıncı Sertifika No: 13226
ISBN 978-605-4607-80-8

İnönü Cad. 33/4 Gümüşsuyu Beyoğlu / İstanbul
Tel:(0212) 252 22 42
Fax:(0212) 252 22 43
www.destekyayinlari.com
info@destekyayinlari.com
facebook.com/ DestekYayinevi
twitter.com/destekyayinlari

facebook.com/kahramantazeoglu
mail: kahraman@destekyayinlari.com

İnkılap Kitabevi Baskı Tesisleri
Matbaa Sertifi ka No: 10614
Çobançeşme Mah. Altay Sk. No: 8
Yenibosna - Bahçelievler / İstanbul
Tel: (0212) 496 11 11

KIYISIZLAR

Kahraman Tazeoğlu'ndan

DESTEK
yayınevi

Kaybedenlere...

ÖNSÖZ

"Aşk çay, karşılığı şeker,
tiryakiler çayı şekersiz içer."
Ve kıyısızlar karşılıksız sever

Karşılıksız sevmek, sahip olunmadan sahip olmaktır bir hayale. Karşılıklı olmalıdır bu karşılıksızlık. Karşılıksız sevmek, yanında olmasına gerek duymamaktır. Yanında olmadan, yanındalığıyla senin sevgine karşılık vermesini istemeden sevmektir. Seni seviyorum cümlesine karşılık beklememektir. Bu bir soru cümlesi değildir çünkü. Karşılıksız sevmişsen, bu sorunun cevabı da seni ilgilendirmiyor demektir. O karşılık, bir kelime israfıdır o zaman. Aşk kelimeleri israf için değil, hediye etmek içindir. Ne olmak, ne de ölmektir.

Kendini hiçe saymaktır. "Benim ol" diye başlayan cümlelerini öbek öbek yutmaktır. Karşılıksız sevmekten hasretler çıkartmaktır. Ve hasret aşkın anadilidir. Hep karşı kıyıda kalmak, yine de kadere isyan etmemektir karşılıksız sevmek. Sevdiğinin gözlerine her sabah sandalla açılmak, dümeni unutmak, kürekleri denize atmak, o gözlerin başkasına baktığını bilmek, yine de o gözler için her sabah yeniden ummana açılmaktır... Zaten zaman denen dalga, vuracaktır seni kendi kıyısızlığına.

Beklentisizliktir karşılıksız sevmek. Yenilmektir bile bile... Ve keyfini sürmektir bu yenilginin. Hiçbir zaman karşılıksız sevdiğini söylemeyeceksin o'na... Susacaksın... Söylediğin an karşılık beklemek olur, bu bilesin... Yoksa seninle gurur duyar ama başkasını sever. Böyle bir aşkın karşılığı acı değil, hüzün olmalıdır. Çünkü acı geçer, hüzün kalır. Karşılığını kendi ruhunla ödediğin bir şarkıdır o.

Karşılıksız sevmekten bugün ölmediysen, yarın da sevmeye devam edebilirsin. Korkma, daha sonra da ölmezsin. Yaraların yara alır yeniden. Sen sussan, saklasan yaraların konuşur. Belki yok olmazlar ama iyileşir yaralar. Öptür yaranı hayalindeki sevgiliye. "Öp ama geçmesin" de. Kimi yaralar kapanır, "izi" kalır; kimi yaralar kapanır "sızı" kalır. Yaş ilerledikçe aşkın karşısında nasıl da küçülür insan. "Keşke aynı aşkın içinde birbirleriyle hiç karşılaşmayacak olan iki yalnız olarak kalsaydık" dersin. Vazgeçmeyeceksin! Yanlış kapının anahtarı olmak üzmez de; kendi doğurduğunu öldürmek koyar adama. Evet! Kendi doğurduğunu öldürmektir vazgeçmek. Vazgeçmeyeceksin! Bu acıya ancak kendini daha çok kanatarak katlanabilirsin.

Karşılığı alınmışsa bir aşkın, mutlaka sonu da gelir... Karşılıksız olandır sonsuz aşk. O'na şöyle yaz: "Kimse benim kadar karşılıksız sevemeyecek ve kimse benim kadar bensiz bırakamayacak seni. Ben hep aynı şarkıyı dinliyorum, belki bir gün farkına varmam diye... Farkında olmasan bile, ben böyle katlanıyorum her türlü derde. Birbirimiz için yaratıldığımızdan yalnızca benim haberim var. Bu yüzden seni kendime borç verdim... Kimse hak etmeden sevemez ve karşılıksız sevmeyen Kahraman olamaz."

Geride bıraktıkların her zaman bir geçmiş yaratmaz sana.

Geçmişte kalmış bir sürü şey vardır ama belki geçmiş olmamıştır daha. Kıyısızlar, her karşılıksız aşkta dört taraflarına kendi elleriyle duvarlar örerler. Ve o duvarların ellerinden daha güçlü olduğunu bilirler. Kıyısızlar, kendi duvarlarının arkasında, kendilerinden bile gizlenerek ağlarlar. Gözyaşlarındaki tuzu yaralarına basarlar. O yaşlarla yazdıkları şiirleri hep başka gözler eskitir, okur. Sonuçta gözyaşı da bir sudur.

Ve bir gün kurur.

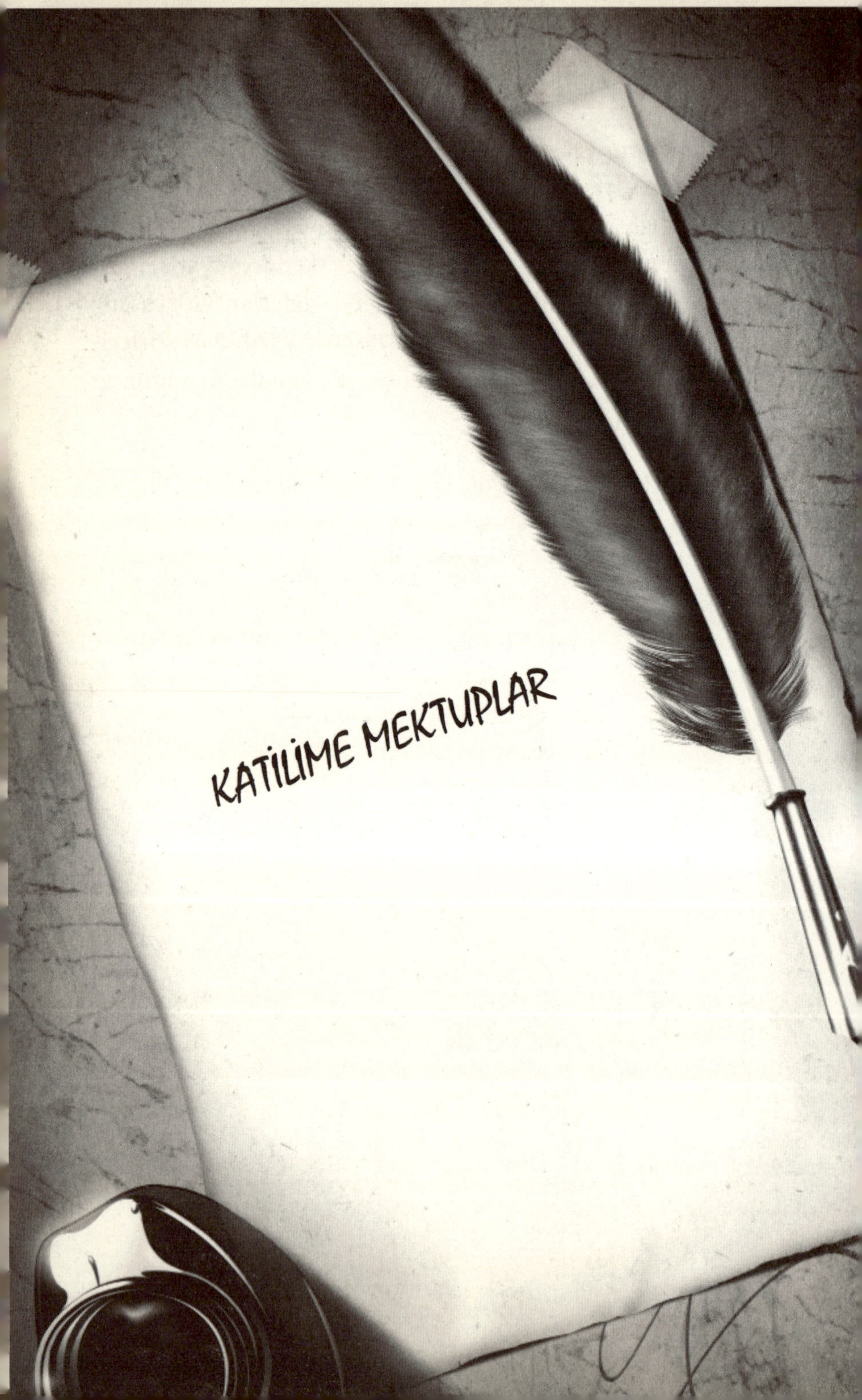
KATİLİME MEKTUPLAR

Oluruna bıraktım seni; Olmazların bende kaldı

Seni ilk gördüğümde balkon kapısına yaslanmış, tozlu bir yola yatırmıştın gözlerini. Kimdi beklediğin bilmiyordum ama ben çıkmıştım karşına ve çok sonra anlamıştım beklenen olmadığımı. O kadar sevdim ki seni, o beklediğin olmak istedim hep. Kalbinde bir misafir gibi değil, bir aşk gibi kalmak istedim. Ama ben misafirdim ve bir gün gidecektim. Önce kalbinden, sonra gözlerinden silinecektim. Bunu biliyor ve susuyordum hep. Bak işte, dilde duran dillenemiyor her zaman. Çok isterdim seninle ikimiz için kavga edebilmeyi. Çok isterdim gerçek sebeplerin "biz" olmasını. Ama öyle değildi işte. Sen, beklediğin gelmedi diye, ben beklediğin ben değilim diye isyan ettim hep. Sonrası o bildik son işte. Tek suçum, suçlarını saklamaktı. Seninse yüreğinde bütün olmazlara bir sığınak vardı.

Oluruna bıraktım seni; olmazların bende kaldı.

Ne inceldiğim yerden kopabildim, ne de oraya sıkıca tutunabildim. Giden rolü biçilmişti ömrüme, gönderilen olduğumu hiç bilmeyeyim diye. Üstü kapalı vedalar, içine teselli yerleştirilmiş uğurlama cümleleri. Hepsi zihnimde çakılı kaldı. En çok da şu sorunun cevabı merakıma asıldı; senden gidişim sana neyi getirdi? Ne kimse kimseyi yenebildi bu aşkta, ne de beraber kalabildik yan yana. Gelecekten de pek umutlu değilim artık. Adı gelecek olsa ne olur, seninle gelmedikten sonra... Hayata tutunabilmek için birçok sebep bulunabilirdi belki... Belki "yeniden" diyerek başlanabilirdi yeni ve sensiz bir hayata. Üç- beş yıl sonra unutulurdu ama benim ayakta kalabilmek ve yaşamak için sebebe değil, sana ihtiyacım vardı.

Oluruna bıraktım seni; olmazların bende kaldı.

Son sözlerindi. "Zamanla her şey düzelir, belki yeniden başlarız bıraktığımız yerden" dedin ama zaman, bize bir daha vakit ayırmadı. Son sözler hiç unutulmazmış. Hiç unutmadım beni senden uğurlarken söylediklerini. Ömür denen yolda hep ayaklarımın altına seriliydi o sözler. Hâlâ o yolda ve kelimelerinin üzerinde yürüyorum, biliyor musun? Evet! Kelimelerinde yürüyorum, ayaklarımda kesikler... Şimdi uzansam şöyle anıların üstüne... Biraz kendimi dinlesem, biraz kendimsizliği. Diner mi acaba bedenimin bu yorgunluğu, bu bitkinliği? Bedenim dinlense ne çıkar, ruh komada değil mi? Seni sevmek, bir şiiri kumlara yazmaktı silineceğini bile bile. Silindi ve gitti her şey seninle... Geriye senden alacaklarım kaldı. Hiç geri vermeyecek olsan da bir de sende kalan kalbim vardı.

Oluruna bıraktım seni; olmazların bende kaldı.

Eğer bir gün geri dönecek olursan sana söz veriyorum, bıraktığın değil, bulacağın yerde olacağım. Gururumu düşünme. O da seninle birlikte yok oldu. Hep sonraya atılan ve hep sonralardan artakalan olmaya razıyım ben. Beni biraz sev, ben birazla da yetinebilirim. Bir tanecik umutla bin yıl daha yaşayabilirim. Zaten umut değil mi bizi kapı eşiklerinde bunca bekleten? Kapımı çalan sensizlikler hiç hoş gelmiyor. Bak, yokluğunda varlığını büyütmeye çalışıyorum. Yoruldum artık kendi cinayetime intihar süsü vermekten. Yarım kalan masalımızın "bir yokmuş"u olma. Sonlar bende bu kadar aşikârken, beni sebeplerle yorma. Sevdim seni bir kere ne gerek var sebebe?

Bir balkonda görmüştüm seni. Gözlerin tozlu yollardaydı. O yüzün hep bende kaldı. Bir bekletenin vardı, bilmem hâlâ var mı?

Oluruna bıraktım seni; olmazların bende kaldı.

Merhaba olmazları bende kalanım...

Ben kendimi aşk için sildim, sen beni başkası için... Daha önce hiç bu kadar özensiz sevilmemiştim. Aslına bakarsan çok da üzülmedim. Gidişin yüzünden aşka küsecek de değilim. Hatta ona inanmaya devam edeceğim. Aşka hep inanırız; çünkü o, dünyanın en gerçek yalanıdır. Aşk, ilk kez kazanılan bir son gibidir bazen. Bazen de son kez kaybedilen bir ilk. Aşkın çaresi yoktur derler; kim çare arıyor ki zaten? İnanma böyle şeylere katilim. Çaresiz aşk yoktur; çareleri reddeden âşıklar vardır. Bu sana bir şey hatırlattı mı? Şimdi eski bir arabesk şarkı var dilimde. "Seninle aşkımız eski bir roman/ yandı sayfaların/ külüdür kalan." Gerçekten de bir roman gibi başlamıştı seninle aşkımız. Satırları aşarız diye düşünürken, devrik cümleler altında kaldık, ezildik. Sonra hayat denen silgi geçti üstümüzden. Ne izimiz kaldı geride, ne de anlatabilecek bir hikâyemiz. Şimdi başka romanların sayfalarında başka hikâyelere mezeyiz. Aşk büyük harfle başlıyor, sonra küçük harflerle devam ediyor ve sonunda minicik bir nokta, tüm cümleyi bitiriyor. İşte böyle katilim! Aşk başlıyor; öncesini sorgulatmıyor, aşk bitiyor; seni öncesine mahkûm ediyor.

Öyle çok şey öğrendim ki senden sonra. Mesela, bir insan bir insana bir "hiç" gibi sarılabiliyormuş. Ve bir insan bir insanı içinden terk edebiliyormuş. Bana kimse bu kadar "hiç"ten sarılmamıştı ve kimse bu kadar içten ayrılmamıştı. Öyle zor geçti ki ilk günler, ayakta durmaya çalışmaktan, yaşamayı unutuyor insan. Nerde dursam yoktun, nereye gitsem ardımdan geliyordun. Sonra kendinde arıyor insan terk edilmenin hatasını. Yokluğun seni haklı, beni suçlu gösteriyor. Oysa varlığına duyduğum sevgiden daha şiddetliydi yokluğuna duyduğum nefret! "Kalbim! Hak ettin bu kırgınlığı, bu yorgunluğu" dedim ve sustum. Uzaklara, çok uzaklara gittim; bir aşk hikâyesini gömüp sırt çantama... Susarak büyüttüm bendeki varlığını... Anlatarak tüketemem.

Umarım sana beni hatırlatır, boynunda izi kalan o yabancıların bıraktığı her öpüş. Sana bir ihanet borcum var şimdi. Sen onu alacaklarımdan düş.

Solundan geri döndüm katilim! Ve iyiyim. Gürültülerine sessizliğimi bırakarak yeni aşklara yelken açıyorum. Her yeni başlangıç biraz daha kolay, biraz daha eksiktir bir öncekinden, biliyorum. Sensiz yaşayabildiğime inciniyorum... Bir de...

Aşka...

Sevmeye...

Yenilmeye...

Müsaitim, gelme!

Gitmeye cesaretsizim, kalmaya yorgun

Bir tren istasyonunun en kuytu köşesindeydiler. Kadın seviyor, adam gidiyordu. Kadın, son kez yüzüne baktı adamın. Adam, bakışlarını kaçırdı kadından. Uzaklara baktı öylece. Yaralı olan kendisiymiş gibi. Önce sustu kadın uzun uzun. Adam, o susuşlara kendini ekledi. Birazdan açılacaktı dili kadının. Birazdan bir hikâye başlayacaktı, bitişi anlatacak olan... Kadın, elini tuttu adamın. Adam, önce kaçırmak istedi elini, sonra kadının uysal bakışlarıyla çarpıştı gözleri. Kaldı eli elinde öylece. Kadın, derin bir nefes aldı önce. Sonra konuşmaya başladı; elinde kalan tek gerçeğin, tüm gerçeklerin bir yalan olduğunu bile bile.

"Bana hayat diye bıraktığın, ölümle pençeleşiyor şimdi. İçi boşalmış bir hayatı yaşıyor sensizken insan. Bir vardın, bir yoktun zaten. Ne dünümde kalacak bir anısın, ne yarınımın mutlu yanısın. Ya geliyor, ya gidiyorsun. Kalmak yok senin lügatinde. Zordu zaten bu aşkı taşımak. Son çoktu bu aşkta ama sonu yoktu. Bitirmek istesek, nereden başlayacağımızı bilemezdik, yeniden başlasak, nasıl bitireceğimizi... Kalabalık bir caddede rastladık aşka, o kalabalıklardan çaldık aşkı da, çıkmaz sokaklarında kaybolduk, ne acı. Kendi ateşime dayanamazken, hasretinle yanmak ne yaman bir kadermiş. Daha da acısı senin boşluklarını doldurmak için kullanılmış olmam. Hikâyene kostüm olabildim ancak, hayat beni sana yazmadı. Neden gidemediğimi sorma. Gitmeye cesaretsizim, kalmaya yorgun.

Sen benim gelecek ağrımdın. Ve sadece iki şey vardı hayatımda. Birincisi hayatıma girmen, ikincisi hayatıma girmenin dışında kalan her şey... Ve ben hüzün elçisiydim dünyanın. Benim olmayacağını bilmenin hüznü ve başkasına gideceğini bilmenin acısıyla yaşıyordum. Hiçbir gelecek seni bana getirmeyecekti. Hiçbir geleceğe seninle yürüyemeyecektim. Ama yine de yılmıyordum. Yılmadım! Saniyelerden kocaman bir gelecek kurmaya çalıştım bize... Senden hayaller kurup, içimdeki denizlerde yüzdürdüm. Çok sevdim, evet. Kendimden alıp sana verircesine, kendimde işe yarar hiçbir şey bırakmamacasına. Karşılığını bulacağını sandığım her şey bir boşlukta asılı duruyor şimdi. Ama yine de kötü olmamak adına ihanetine ihanetle karşılık vermedim. İyi kalmak seni de onarır belki dedim. Dedim de... Dediğimle kaldım işte. Elindeki tek iyilikle bütün kötülükleri düzeltemezmiş insan. Düzeltemedim. Keşke seninle ayrı dünyalarda yaşayan iki aynı olsaydık. Oysa şimdi, sadece aynı dünyada yaşayan iki ayrıyız. Neden gidemediğimi sorma. Gitmeye cesaretsizim, kalmaya yorgun.

Yanımda olman çok şey öğretmişti bana. Öğretemediklerini de sensizlik öğretiyor şimdi. Çok da kimsesiz değilim aslında. Beni asla yalnız bırakmayan yokluğun ve kendini benimle tamamlayan bir yığın eksiğim var işte. Kadınlar sevilmek istediği gibi sever. Ben koşulsuzca ve gerçek sevdim. Biraz tereddüt etseydim ben de senin gibi hesaplar yaparak sevecektim. Gerçek aşkı yalanlardan öğrenmek ne acı değil mi? Allah kimseye böyle bir tecrübe yaşatmasın. Hoşça kal sevgilim. Gittiğin yerde mutlu ol. Ama sakın unutma, bundan sonra sana gelenler, terk ettiklerinin bıraktığı boşluğa düşecek! Aşk herkeste başka kanar. Dilerim son bıraktığın olurum. Daha kanayacak yerim kalmadı. Gidemiyorsam aşktandır, aşktan! Varsın, bu da senin zaferin olsun. Neden gidemediğimi sorma. Gitmeye cesaretsizim, kalmaya yorgun."

Adam gözünde iki damla yaşla yürüdü istasyonda. Sonra bir tren geldi onu götürmeye. Trene adımını atar atmaz vazgeçti adam. Kadını aradı gözleri. Adam pişmandı... Kadın gitmiş.

Merhaba, gitmeye cesaret edemediğim...

"Seviyorum" diye başlayıp, "gidiyorum" diye biten bir cümleydi bizim hikâyemiz. Hep yan yanaydık aslında ama aramızda uçurumlar büyüttüğümüzün farkına varamıyorduk bir türlü. Bu yüzden biz seninle hep iki kişi olduk ama asla bir çift olamadık. "Severek öldürme beni" dedim, sen öldürerek sevdin. Oysa gözlerinden payıma düşecek küçücük bir ışık için, nice derin karanlıklar borçlanmıştım ben. İşte sevmek böyledir katilim! Küçücük bir esinti için fırtınalar feda edersin. Yine de düşünür insan "Değdi mi?" diye. Ve cevabı, koca bir soruya dönüştürür hayat. Anlarsın ki; uğruna ödediğin bedeller, mutluluğuna gölge düşürüyorsa, hak ettiğin mutluluk sana biraz pahalıya mal olmuştur.

Gözüm kördü senden. Ve görmüyordu başkasını. Senin nezdinde beni küçültmüş, seni büyütmüştü bu durum. Çok sevilmenin şımarıklığı oturmuştu dudaklarının kenarına. Kalbinden ihanetler geçiyordu sessizce. Ve unutmuştun körlerin sadece sesleri gördüğünü. Kalbinin sesini gördüm katilim! Hazırdın beni unutmaya. Aşkı bende yeşertip, çiçeklerini başkalarına sunacak kadar alçaldın... Alçaktın! Sadece dara düştüğünde kullanabileceğin, yalnızlığındaki oyuncaktım, oyalandığındım. Kalbinin çarşısında ikinci eldim. İçimde kelimeler bağırırken, dilim sessizdeydi yine. Sustum sana, sustum içime. Bu iç yerinde grev var!

Sonra gittin. Önce gözümdeki yaşta tüttün, sonra dilimdeki küfürde. Gitmiş olsan da bir gün geri döneceğini bilirdim. Dönmesen bile bununla baş edebilirdim. Kısa sürdü zaten gidişin. Pişmanlığını hiç belli etmeden geri döndün. Belki de her yeni başlangıç, yepyeni bir kaçıştı; bunu da öğrendin. Sahte aşk ustası oldun sen. Hayatını yazsan yalan olurdu!

Pişmanlık duvarların yıkıldı mı katilim? Ben hazırdım tamamlamaya, yarım kalmış ne varsa. Ama... Ama... Ne ben gururumu çiğneyebildim, ne sen "Pişmanım" diyebildin. Şimdi bana yüreğinin kapılarını ardına kadar açsan ne çıkar; ben senin arka bahçeni öğrendim.

Anladım ki en güzel diye beklediklerim, meğer dünde kalanlarımmış. Bak, kirlenmiş gözlerinden kalbime düşen ışık, giderek azalıyor. Senin gözlerin, benim hayatım kararıyor. Hiçbir hüznüm kalmadı mutluluğuma kastetmeyen. Ah katilim! Ah yâr bildiğim! Ben, mutluluğun peşinde koşarken yandım. Dilerim seni de yaksın mutluluk!

Herkesin aynısı aynı değildir

O nerede şimdi kim bilir? Hangi eli tutuyor, hangi göze bakıyor. Tıpkı bana baktığı, elimi tuttuğu gibi. Hâlâ umurumda; yüzünün güzelliği de, yaptıklarının çirkinliği de... Kim bilir şimdi hangi şarkılar çalıyordur uykusunu. Şarkılar değil, bırak sensizlik anlatsın yokluğunun ne olduğunu, ben beni ikna edemiyorum. Aşk hırsızları hep aynı şarkıyı çalardı, değil mi? Unutmuşum! Ölüm kadar soğuktur ayrılıklar. Adamın üstüne lapa lapa yağar... Ve şairler her mevsim kar ağlar. Üşütmüyor beni dışımdaki kar, içimdeki yokluğun kadar. Seni üşümek budur işte yâr. Şimdi hangi şiire soyunsam, çıplak kaldığımla kalıyorum. Hiçbir kelime giydiremiyor beni. Çok üşüyorum. Aklım ayazda kaldığından beri, çok düşüyorum. Girdabından yapılma uçurumlardayım. Gittiğinden beri... Berisi yok işte...

Senden sonra gidebileceğim hiçbir yol da yok. Bunun tek iyi yanı, artık yollarda kaybolmayacak olmam. İklimlerim değişmiyor. Benim dünyam hep kış. O kadar yabancıydın ki bana, kalbimde olmana rağmen, bilmediğin bir yerde gibiydin sanki. Ne bana ne de sendeki bana alışabildin. Beni de geri vermedin. Kendinle birlikte bitirdin. Şimdi hem sensiz hem de bensizim. Meğer ne zormuş unutulan olmak. Unutamadığının seni unutması... Hiç olmamışsın gibi, hiç yokmuşsun gibi...

Uykularımın geceye ihtiyacı yok. Zaten hiçbir gece bana uyku getirmedi. Senden öncemle senden sonram arasında da hiçbir fark yok. Ben bir tek seninleyken insandım çünkü. Şimdi bitkisel bir hayatın sessiz ve sonsuz yolculuğundayım. Sensizlik, önce dünyanın iki kişiden ibaret olmadığını öğretiyor insana, sonra o kalabalıkta seni aramayı. Bulmak için değil, yaşamak için... Tutunmak için...

Aslında gitmene alışığım da yokluğun ölüm oluyor işte. Seninle sırtından vuruyor insan kendini her gece... Gün, bir türlü gelip gecemi süpürmüyor. Yerlere hep isyan dökülüyor, çayıma gözyaşı karışıyor, odam tabut oluyor. Bir türlü kendime gelemiyorum. İşte böyle olur hep. Benim gibi sevenler kendini unutur, senin gibi sevenler "seviyorum" dediklerini. Bir görsen halimi, görecek ne kaldıysa... Bana bakınca göremediklerin, seninle kaybolanlardır. Belki aynı acıları sen de çekiyorsundur ama herkesin aynısı aynı değil işte.

Ne acı, değil mi? Allah belamı vermiş, ben üstünü bekliyorum. Daha ne kadar sürecek bu sürünmeler! Peki, sen ne âlemdesin? Nasıl geçiyor günlerin? Yalnızlık hiç mi ağlatmıyor seni? Hiç mi aklına gelmiyorum? Küçücük bir izim bile yok mu hayatında? Sana izlerin öneminden bahsetmek isterdim. Bende kalan ve giderek bana dönüşen izinden... Ben, o iz için ömrümü karaladım biliyor musun? Şunu da çok iyi bil sevgili; önemli olan bir kalpte iz olarak mı, yoksa leke olarak mı kaldığımızdır.

Hayır! Yokluğun alışkanlığım olmayacak; yasını tutmak onurum olacak. Acını taşımak utandırmayacak beni. Zamanın her şeyi unutturmasına izin vermeyeceğim. Kendisinden daha acıdır çünkü acıların sıradanlaştırdığı her şey...

Unutma sevgili; harcanmış bir yürekle hâlâ kovulduğun kapının önünde bekliyorsan gerçekten sevmişsindir.

Merhaba unutamadığım...

Kolay unutanlardır unutulmayanlar. Ama kimse unutulduğunu bilmez. Herkes herkeste biricik olduğunu zanneder. Her unutanda unutulmadığını sandığın bir parçan kalır. O parça seni hayata bağlayan bir avuntudur. Ama sen çoktan "Herkes" olmuşsundur bile. Herkes herkestir işte. Sen kendinleştikçe onlar herkesleşir gitgide.

Yine de hatırlanmamak değildir unutulmak. Nasıl unutulduğu değil, neyle hatırlanacağı önemlidir insanın. Geçmişin senden temizlenmesidir belki. Hemen fark edilir unutan gözdeki karanlık. İnsan unutulduğuna değil, unutanına verdiği değere üzülür. Servet-i varlığını ona adamışlığına...

Ağacın gölgesi yalnızca sıcak havalarda hatırlanır. Ne acı bir unutulmadır böylesi. Hep'ten hiç'e evrilmek yavaş yavaş... Ölümün sondan bir önceki basamağı... Sanılanın aksine iz bırakmadığından değil, iz bırakılmadığından unutulur insan. Çünkü kişi, bıraktığı izde hatırlar bıraktığını. Ve herkes değerini kendi belirler.

Önce dil unutur, sonra göz, sonra zihin. Sonra hiç var olmamış gibi yaşamaya devam eder insan hafızada. Unutulmak bir şey kaybettirmez, unutulmazlık bir şey kazandırmamışsa eğer... Kabullenmeli insan unutulduğunu. Kopan bir uçurtmanın ipini hâlâ birilerinin tutması neyi geri getirir ki?

Tüm kayıp ilanlarının altına adını yazarsın. Kimin zimmetine geçtiğin meçhuldür artık. Unutulmak, kim olmadığını değil, kim olduğunu öğretir insana. En azından unutulacak kadar vardım onda dersin. Gidersin... Gitmenin de hakkını vermeli insan. Geride pişmanlık bırakmadan... Kendinden bir parçayı zamana bırakıp, ezberlerden vazgeçerek, unutulan olup gidebilmektir aslolan. Ya kendine saklayacaksın, ya da kendinden saklayacaksın bu kabullenmişliği. Ve unutmayacaksın: Unutmak, unutulmanın geçmişidir.

Zaten ne kalacaktı ki sana; kalpten silinmenin, kâğıttan silinmek kadar kolay olduğu bir dünyada...

Aşk seni nasıl sevsin

Onu son gördüğümde yüzünde hüzünlü bir mutluluk vardı. Neden gittiğini hiç öğrenemedim. Gitmesi gerekiyordu belki, bilemedim. Sanırım yine, yeni bir hayatın amansız sularına bırakıyordu kendini. Gitti işte... Her şeyi geride bırakarak ve her şeyden bir şeyler kopararak. Kimse nereye gittiğini bilmiyordu. Önce evini, sonra mahallesini terk etti. Geriye dönüp bakmadı bile. Kimse sormadı neden gidiyorsun diye. Belki son anda geri döner, bir şey söyler diye bekledim; dönmedi, söylemedi. Hiçbir anlam yoktu o son bakışında. Vazgeçmiş gibiydi her şeyden ve herkesten. En çok da benden...

Onu, kimler kandırdı bilmiyorum. Böyle umarsızca gitmesine sebep olanlar kimlerdi ya da kimdi? Birine mi sevdalanmıştı, yoksa birinden mi kaçıyordu? Umulmadık bir anda, birdenbire, bavulsuz bir gidişti işte. Ağlamaklı bir anneyi, kötürüm bir babayı, küçük bir kız kardeşi ve ona âşık adamı gömüp içine gitti. Dönmeyeceği belliydi. Belki haberi de gelmeyecekti artık. Onu bunca seveni biçare bırakıp gitmesinin sebebi ne olabilirdi?

Aşktan çok çekmişti benden önceki hayatında. "Ölüsever aşkların çocuklarıyız biz" derdi durmadan. O zamanlar anlamazdım ne demek istediğini. Öyle laflar ederdi ki durup dururken, insan cahilliğinden utanırdı. Bir keresinde bana âşık olup olmadığını sormuştum çocuksu bir tavırla. Gülerek "Âşık değilim, sadece kalbim şımarıyor seni görünce" demişti. Korkusu yoktu hiçbir şeyden, "Aşktan korksaydık, acısına razı olmazdık" derdi hep. Sürekli gitmekten söz ederdi. Neden hep gitmek istediğini sorduğumdaysa "Gitmek adımdır" derdi ve adım adım giderdi.

Çok sonra duyduk, giderken kendi kendine konuştuğunu... Bindiği minibüsün şoförü söyledi. "Benimle gidecek olanlar, içimde kalanlardır" demiş. Başını iki yana sallamış. Gözleri dolmuş. Ses etmemiş şoför. Kulak verip dinlemiş fark ettirmeden. "Kendi yalnızlığı içinde ölmemek için başkalarında yaşayanlar, yaşamadığının farkında olmayan ölülerdir" demiş ve gülmüş şizofren bir tavırla. Dayanamamış sormuş şoför, "Abla, ne ölümünden bahsediyorsun sen, Allah korusun?" demiş. "Ölmekten değil, yok olmaktan kork" diye cevap vermiş ve susmuş. Konuşmamış bir daha.

Aylar sonra, kalabalık bir şehirde tek başına gezerken görmüşler onu. Saçı başı birbirine karışmış. Sokakta yaşayanlar gibi olmuş. Duvarlara "Aşk beni sevsin" diye yazmış. Yazıp yazıp terk etmiş tüm sokakları.

Önceleri kendimi düşündüm tüm bunlara sebep olarak. Çok sonra anladım ki ben değil, bir başkasıydı onu bu hayattan söküp alan. Çok sevmiş ve her şeyi bir tarafa bırakarak onu seçmişti. Belli ki vazgeçtikleri kadar değer vermemişti ona seçtiği... Kim bilir, belki de bir hayaldi benden geçtiği. Belki de bu yüzden aşk onu hiç sevmedi.

Merhaba terk edenim...

Keşke biraz da aşk sevebilseydi seni.

Her defol yediğin yerde sessiz bir "Eyvallah" döküldü dilinden. Başını öne eğdin ve yürüdün, sanki hiç yürümemiş gibi, aşkla kat ettiğin o yolu... Yürüdün, sanki bir daha yürümeyecekmişsin, geri dönmeyecekmişsin gibi... Acı oldu ama sen de öğrendin; aşkın giriş cümlesi "İyi olan kaybetsin"dir. Annen ve baban, çok ucuz bir hediye verdi sana, adı "Hayat" olan! O yüzden sevdiğin hiç kimseye "Hayatım" demedin, diyemedin...

Keşke biraz da aşk sevebilseydi seni.

Kalbinden düşmek pahasına sana gönderilmiş nice yâr'den adamlar sevdin. Atılan her tokadı hediye bildin. Sevdiğinin varlığına kendi bedenini giydirdin. Çırılçıplak kaldın da "Üşüdüm" demedin. Çünkü sen çıplakken de yanıyordun, ateşler içindeyken de üşüyordun; titremeyi bilmediğinden... Yâr diye baktın katiline. Bir hayal uğruna bin hayal kırıklığına uğradın. En sonunda öğrendi kalbin, kırıldığı halde atabilmeyi.

Keşke biraz da aşk sevebilseydi seni.

Önceleri anlamadın. "Âşık değilim, sadece kalbim şımarıyor" dedin. Çok sonra düştün çıkmazlara. Pişman oldun kaç kez. Korkularının zamandaki düşümlerini ezber ettin, "vah"lı geçmiş zamanlarda, umudun ertesinde... Fakat hiç bilemedin;

aşkın gözü kördür, zamanla açılır ama o zaman da aşk çoktan bitmiş olur. Karşılığı yoksa aşk olmaz. Varsa da onun adı alışveriş olur. Bu da aşkın sana amortisidir.

Keşke biraz da aşk sevebilseydi seni.

Aşk, kendisine yalan söylemesidir insanın. Öyle büyük yalanlar söyledin ki kendine, kendin olmaktan daha fazla yabancılaştın içine. Ya, onu seçip her şeyi kaybedecektin, ya da içinde o olmayan her şeyi seçip, kendini kaybedecektin. Sen seçimini ondan yana yaptın ama yine kendin kaybettin. Aşktan aşkla arınılmazdı, bilemedin. Her insan, insan doğar ama insan olarak ölmez. Bak o insan bildiklerin hiçbir şeyi paylaşmadı seninle; bu yüzden aşk bir hiçi paylaşıyor şimdi kaderinle. Olanı olmayanda aramaktı senin derdin... Aşk seni nasıl sevsin?

Aşkta eşitlik yoktur, birliktelik vardır

İkimizi birden sevemezdi. Ya beni seçecekti, ya onu. Beklemekten başka yapabileceğim bir şey yoktu. Son sözü o söyleyecekti. Buluşma yerimize o benden çok daha önce gelmişti. Yüzünde bir kaygı, kalbinde tanıdık bir tutukluk. İlk defa öpmedi beni. Anladım neler olacağını. Seçilmemiştim! Sadece "Neden?" diye sorabildim o kadar.

Başı öne eğildi. Anlatmaya başladı sessizce. "Bir ayazın koynunda temmuz beklemek neyse, öyle bekledim seni. Ama sen, hiç beklemediğim bir mevsimde çıkıp geldin. Bir tesadüf değildi bu aslında. Çünkü sen benim rastladığım değil, aradığımdın! Yıllarımın ayracı oldu gelişin. Senden önce ve senden sonra diye ikiye ayırdım hayatımı. Sen daha yokken, uzaklardayken, sana armağan edeceğim bütün güzellikleri üstümde taşıdım ben. Görenler bu yüzden hep güzel buldu beni ama o güzellik aslında sana aitti... Seni bekliyordum. Ama sen beklemediğim bir anda geldin. Belki hazır değildim, belki nadasa bırakmıştım yüreğimi, bilmiyorum. Ama gelişin tüm bekleyişime rağmen, hazırlıksız yakalattı beni kendime. Seni sevmek için acele etmedim. Acele sevmedim seni. Ecele gider gibi sevmedim. Ruhumda demlenmesini bekledim bu sevdanın. Bekledim, bekledim, bekledim. Aşk, yaşayarak öğrendiğimiz ama asla ezberleyemediğimiz bir duygudur. Ve aşk bizi her defasında aynı yerden kandırır. Bunu en iyi bilenlerden birisin. Ruhum seni demlerken, aşk beni aynı yerimden kandırdı. Ve o geldi. Sonrası tam bir duygu karmaşası..."

Ne kadar da kolay söyledi bunları. Bir çırpıda çıkıverdi ağzından. Kendimi toparlayıp konuşabilmem zaman aldı biraz. "Sana gelmek adına kendi yollarını kaybeden biriydim ben. Ama şimdi gidiyorsun ve aşk yine haklı çıkıyor. Keşke hiç başlamasaydı desem, kısa ama mutlu geçen günlere ayıp edeceğim. İyi ki yaşandı desem, bu yaşanmışlığın sonucu olan ayrılığa nasıl bir kılıf giydireceğim? Öyle bir hale getiriyorsun ki beni, içimde varlığının bile sığamayacağı bir yokluk bırakıyorsun. Belki de bir boşluk bu; hiçbir gelenin dolduramayacağı... Kimseyi güldürmeyen bir şaka gibi kalakaldım ortada. Teselliler bulmam gerekecek kendime. Zor olacak kalbimi kırılmadığına inandırmak."

Kendimi bir zavallı gibi hissettim bunları söylerken. O anki duygularımı anlatırken, bana acıyabilme ihtimalini düşünmedim bile. "Umarım acıyan gözlerle bakmaz yüzüme" diye geçirdim içimden sadece. Keşke bir şarkı gibi geçip gitse yaşadığım şu an. Artık, uzaklara dalıp giden gözlerinde hiçbir yakınlık göremiyordum. Oysaki o gözler değil miydi bir geminin dümeni gibi hayatıma yön veren, bana yol gösteren? Şimdi pusulası kırılmış bir kâşif kadar çaresizim.

"Evet gidiyorum. Kalmak hiçbir şeyi düzeltmez artık gitmenin sularında. Sana haksızlık ettiğimi de düşünebilirsin. Hiçbir itirazım olmaz buna. Çünkü aşkta eşitlik yoktur, birliktelik vardır. İki kişi eşit sevemez birbirini. Bir taraf mutlaka ya eksik kalır, ya fazla gelir. Bunun bir terazisi de yoktur ki ölçülebilsin. En doğru sonucu ayrılık söyler. O gösterir hangi tarafın daha az sevdiğini. Bunu öğrenmek bir aşka mal olur ama... Ve biter tüm birliktelikler. Dedim ya işte; aşkta eşitlik yoktur, birliktelik vardır. Ve o eşitsizlik birlikteliği de bitirir. Sen hiç fırtınaya sığınacak kadar çaresiz kaldın mı? Sana bunları söyleyebilmek, böyle bir çaresizlik işte. Beni yıkacağını bildiğim fırtınaya sığınıyorum. Yok başka çarem" dedi.

Konuşmamızın sonuna gelmiştik. Yanından uzaklaşırken ona son sözlerimi söyledim. "Aşka en büyük ihanet, sonu ne olacaksa olsun onu hiç yaşamadan bitirmektir. Biz en azından yaşayarak bitirdik. Sen müsterih ol. Adına yakışanı yaptın ve adınla anılacaksın hep. Umarım aldığın karar seni pişman etmez kendine. Umarım doğruya dosdoğru gidersin. Yanıldığını anladığın an geri dön. Seni buralarda bekliyor olacağım. Sadece çok gecikme. Belki yine buralarda olurum ama buralar eskisi kadar burası olur mu bilemem. Belki de sen ikimizi de sevmedin. Belki sen en çok kendini sevdin. Seninle en büyük ortak yanımız da buydu zaten. Sen de, ben de seni seviyorduk. Hoşça kal. Geç kaldım. Yalnızlığım bekliyor."

Merhaba terk edenim...

Yalnızlığı bilmekle aynı şey değildir yalnız kalmak. Gerçek yalnız, paylaşacak kimsesi olmayan değil, paylaşmak isteyebileceği kimsesi olmayandır. Ve gerçek yalnız, yalnız kalmaz; kendini yalnızlığa mahkûm eder.

İçimi dolduran boşluğu dolduramadım, boşluklarla doldum yalnızlığımda. Kendim olmanın bedelini yalnızlıkla ödedim. Yılların ağırlığını ayaklarıma bağlayıp, iç denizlerimde boğuldum, kıyılarıma tutundum. Uyurken sarılacak bir hayalim bile olmadı. Her uzun cümlede kendimi bir parantez içine sakladım. Bugüne dönüştüğünde, dünü özleten yarınlarımla, kalabalıklar içinde yalnızlığa yakalandım.

Yalnızlık kimseyi reddetmez. Saça yapışan bir sakız gibidir. Bedeli birkaç saç teli olur her zaman. Baştaki özgürlüğü, yalnızlığa dönüşür zamanla insanın.

Yalnızlık kimsesizlik değil, sensizlik düpedüz.

Yalnızlığım; pasif gücüm. Yokluğuna özlem duyup, varlığına katlanamadığım. Yalnızlığım; fikrimin ıssız limanı. Yüzümün en sevdiği gölge... Batık halim. Issız bir adadaki adamken, zamanla adanın kendisine dönüştüğüm... Acılarımın bağımlılık hali... Yalnızlığım; ölümün şımarıklığı. İstemediğim dokunulmazlığım. Kusursuz uçurumum. Eşiğinden hüzün sızdıran kapım... Yalnızlığım; aşırı dozda ölüm. Yalnızlığım; parmaklarımı sayıp sayıp, kendimi kalabalık hissettiğim...

Şimdi bir yokluktan düşerken, bir başka yokluğa tutunuyorum. Al beni, vur bana. Sağır edecek kadar çok sessizlik verdin zaten. Ben de seni dile gelmemiş kelimelere bırakıyorum. Bir cevabın yok, sadece bilmecelerin var biliyorum. Gözümü bir aralasam, içine karanlık sızacak. Ölümün hizasında duruyorum. Günüm düne aydın. Günah gibi işlendi yalnızlığım.

Herkes, kendi yalnızlığını seçtiği için ben bu kadar yalnızım. Ve yalnızlık, yaşamla ölüm arasında seçim yapamayanların çaresidir! Her gün, kendi evimin kapısında kayboluyorum. Yalnız kendimin değil, yalnızlığıma ortak olamamış tüm yalnızların yalnızlığı adına konuşuyorum.

Yalnızlıktan kaçanlar kendine tahammül edemeyecek kadar yabancı kalır. Bu yüzden hiçbir yalnızlıktan kaçmadım. Kaçsam ne olurdu ki? Depozitolu bir yalnızlıktı benimkisi, kim alsa geri getirdi.

Ey kalabalıklardan kaçışlarımın yenik yorgunlukları, beni yalnızlığa biriktiren o yârin adı alın yazımın imla hatasıdır, bilin!

YALNIZSAM DÜZELTİN.

Aşk her şeydir ama her şey aşk değildir

İnsan, geleceğe ilerlemedeki cesaretini geçmişten alır. Geçmişte bıraktığımız yıkıntılar bile bazen yeni bir başlangıcın temeli olabilir. Dönüp geriye baktığımda, aşktan yana çok ihanet gördüğümü ama asla aşkı bir ihanete dönüştürmediğimi görebiliyorum. Çünkü bazı insanlar aşk için vardır, bazı insanların da aşkı vardır. Benim aşkım o sarı saçlı kızdı. Güzelliği ile büyüleyen, şımarıklığıyla insanı yaşamdan bezdiren, yine de "Aman boş ver" diyemeyeceğin bir tılsımı olan o sarı saçlı kız. Adı Elif...

Aşk insanın başına bir kere geliyor, sonrasında yaşadığın her şeyi aşk sanıyorsun. Aşk, tadı hep damakta kalan bir şeydir çünkü. Hele ki ilk aşkınızda karşılık bulamamışsanız, damağınızda kalan tat biraz kekremsi, biraz da acıdır. Elif, hiçbir zaman aşkıma karşılık vermedi. Ama hep farkındaydı onu sevdiğimin, onun için deli olduğumun... Fakat yine de bu onun hiç ilgisini çekmedi. O kadar alışıktı ki sevilmeye, peşinde âşıklar koşturmaya... Her ne kadar arkasında köpek olan olsam da yine de bana çok şey kattı o karşılık bulamayış. Sabretmeyi, güçlü olmayı, aşka yenilmemeyi, düşsem de yeniden ayağa kalkıp, yola devam edebilmeyi, her şeyden önemlisi yeniden sevebilmeyi öğretti.

Bir mağlubiyetin zaferini yaşayarak, o'nu şu sözlerimle göndermiştim hayatımdan: "Hâlâ peşinden koşuyorsam, bu senin beni yenişin değil, benim kendimi mağlup edişimdir! Hoşça kal." Evet, bunu söyleyebilmeyi öğretmişti bana vermedikleri. Söyledim ve çıkıp gittim o giremediğim hayatından. Bir daha hiç çıkmadım karşısına. Bir daha hiçbir dahası olmadı o aşkın.

Büyüyor ve giderek daha da yalnızlaşıyordum. Yalnızlığımı yatıştırmak adına, isimsiz insanlar seviyordum. Aşkta tecrübeli sayıp kendimi, herkese araladım gönül kapılarımı. Açık bir yara gibi gülümsedi kalbim her gelene. Ve gözü yaşlı uğurladı her gideni. Yalnızlığın diktatör generalleri yine iş başındaydı. Kâbusa dönüşen rüyalara döndü hayatım, aşklarım... Ama olsun; kâbusu hayra yormak değil midir aşk?

Yıllar sonra bir sinemada rastladım ona. Geçip giden zaman onu çok değiştirmişti. Yanına sokuldum ve gülümsedim. Gözlerinin altındaki morluklara rağmen hâlâ güzel görünüyordu. Ve hâlâ güzel gülüyordu. Hayat onu çok yormuş ve yıpratmıştı. Tanımadı beni. Yeni biriyle tanışır gibi uzattı elini. Gözlerimde sönmemiş olan aşk ışıltısı, ona sıcak bir yuva gibi geldi sanki. Sığındı usulca o ışığa. Ama hiç bilmedi benim yıllar önce ona âşık olan o çocuk olduğumu. Hiç tanımadığı biri gibi aldı beni hayatına. Yıkılmış gözlerindeki çocuğu yaşattım ona her bakışımda. Elini her tutuşumda o şımarık küçük kıza uzandım. Hikâyesini dinledim defalarca. Kimler gelmiş, kimler geçmişti hayatından. O şımarık kız haddini bilmiş, hayat ona çelmeler taka taka, düşmese de ayakta kalmayı öğretmişti. Çok terk etmiş, çok terk edilmişti. Kalmamıştı aşka inancı. Yine de aldı beni hayatına, beni hiç bilmeden.

Aşk güzeldi, tek taraflı yaşanmasa... Aşk sürerdi, bir ömür

içinden çıkılmasa. Ona âşık olmak, her şeyi rengârenk ve parıltılı gösteren ama takanın alay konusu olduğunu anlamayacak kadar güzel, pembe bir gözlüktü. Aldırmadım. Sesine sığınak, sessizliğine sağırlıktı kulaklarım. Kölesiydim sesinin de, sessizliğinin de... Aşk, her şeydi onunla... Aşk, her yerdi.

Olmadı. Yapamadı. Gitmeye meyilli gelişi, kalmaları kovmuştu kapımızdan. Olamadık tek yürek. Parçalara ayırdı ve öyle yuttu bizi aşk. Anlamıştım gideceğini. Anlamıştım aslında hiç gelmediğini. Bir gün, eğilip usulca kulağına "Ne acı değil mi seni bana dünlerin getirip, yarınların götürecek olması?" dedim. Anlamadı hiçbir şey. Yüzüme baktı derin derin. Kaybolup gitti sonra. Ve anladım; ayrılık da vardı aşkın içinde. Her şey gibi... Çok seven de, az seven de bir gün giderdi... Herkes gibi, her şey gibi... Hayat bana bir şey daha öğretti; aşk her şeydir ama her şey aşk değildir.

Merhaba, aşkını her şey bildiğim...

Deryalara düşen yağmur damlalarına sen "Öldü" dersin, ben "Deniz".

Şimdi yaşamak dediğin sular, bağrında bir ölüm gezdirir. Ne garip değil mi? İkimiz de ayrı dünyaların insanlarıyız ama aynı dünyayı özlüyoruz. Ne beraberken biz olabiliyoruz, ne de ayrıyken yalnız kalabiliyoruz. Birbirimize geç kalmamak için hep kendimizi erteliyoruz. İkimizden bir "biz" yaratabilmek adına kendimizi eksiltip, "biz"e bizler ekliyoruz. Sonra "Neden hep bir şeyler yarım" diye birbirimize soruyoruz. Aşkın her türlü uçurumundan düşüyoruz, ayağa kalkıyoruz, yol almaya devam ediyoruz. Ediyoruz da bir tek birbirimizde açtığımız yaraları saramıyoruz. Her yeni yaraya eski bir acı sürüyoruz.

Aşk, öfkeye bulanıyor bazen. Kendime seni sövüyorum mesela... Dilimin yılanı beni sokuyor, beni zehirliyor ama... Belki de kötü olduğundan değil de çok güçlü olduğundan kalbimi kırman... Ve acizliğimden değil de kırılan kalbimi saramamam; senin kırmakta güçlü, sarmakta güçsüz olduğundan! Senin yüzünden böyle benim yüzüm! Katilim, yâr bildiğim... Belki de hiç okumayacaksın bu mektupları. Belki de hiç bilmeyeceksin bu zarfların neye kapandığını. Bu mektup senin değil katilim! Bu mektup sensin! Zoruma gidiyor terk edilen olmama rağ-

men, gittiğim her yere seni de götürmem. Sen beni bu kadar taşıyabilir miydin kendinde? Terk edilmiş olsan bile?

Bana seni anlatır gibi gelen bütün şarkılar, şimdi içimi acıtıyor. Senin sesinden daha güzel sesler duydukları için utanıyorum kulaklarımdan. Senin gözlerinden daha güzel gözler gördüğü için utanıyorum gözlerimden. Yaşamaktan utanıyorum, utanmaktan usanıyorum. Kalabalık bir yalnızlığım var hep. Bu kalabalıklığımı gelip sevsen ne çıkar bugün; dünümdeki yalnızlığa sahip çıkmadıktan sonra... Keşke gülüşün bu kadar güzel olmasaydı. Belki, vazgeçmek değil ama terk etmek daha kolay olurdu seni. Bu da bir terk edilmişin avuntusu gibi, değil mi?

Zaman su gibi akar, akar ve bir kanalizasyonda son bulur. Ve bazen aşka giden tek yol budur. Aşka inanmakla aşkı yaşamak aynı şey değildir katilim! Mantık, aşka inanmaz ama kalp onu kandırır. Sakın unutma! Aşk bir mantık kesme ve katlama sanatıdır. Hoş kal, uzak kal.

Yalnızlığa düşen karlar en çok kendisini üşütür

Şansa ihtiyacın kalmadığında ayağına gelen şans, şanssızlıktır. Ne yazık ki acı tecrübelerle öğrenir bunu insan. Yine de hayatı suçlamamak gerekir, çünkü çirkin hayat yoktur, o hayatı çirkinleştiren insanlar vardır. Kimi hırsından, kimi kompleksinden, kimi cahilliğinden yapar bunu. Ve kendilerine sorsanız hep haklıdırlar. Bu hiç değişmeyecek. İnsanların, kendilerini düzeltebilmeleri için önce eksiklerini görmeleri gerekir. Cahil insan, cahil olduğunun farkına varamayacak kadar cahilse, cahil kalmaya devam edecek ve bundan hiç de rahatsızlık duymayacaktır.

Etrafını saran insan müsveddeleri, sana hiç doğruları göstermedi. Onlar, senin duymak istediklerini söylediler hep. Zaaflar böyle bitirir işte insanı. Seni mutlu eden sahte insanları, sana doğruları söyleyerek ruhunu sıkanlara değişirsin. Onların sana sunduğu sahte dünyanın içinde mutluyu oynarsın. Ama aslında gerçekleri göremeyen bir zavallısın. Arıları öldürmüş, sineklerden bal bekliyorsundur.

Senin en büyük hatan ise gerçekleri aramak yerine elindeki yalanları gerçeğe çevirmeye çalışmak oldu. Ama özünde iyilik vardı senin. Bu yüzden etrafındaki sahteler gibi olamadın. Aykırıydı ruhuna. Bu yüzden gittiler onlar. Seni kendileri gibi yapamadıkları için gittiler. Ve sen yine gerçek dostlarını aradın sonra. Bulamadın, yalnız kaldın. Herkes kendi derdindeydi... Ben, senin... Cehennemine yağan kar tanesi bile olmaya razıydım. O kadar hazırdım sana aldanmaya.

O kadar şanssızdık ki seninle, sen hep konuşmayı bilmeyenleri dinledin, ben hep dinlemeyi bilmeyenlere konuştum. Beni fark etmense bir mucizeye bağlıydı. Parıltılı hayatının kenarından sana umutsuzca bakan birini görmen, görsen de onu anlaman beklenemezdi. O beklediğim(iz) şansın bizi bulması gerekiyordu. Yine de mutluluğun garantisi yoktu ama...

Sonunda öğrendin insanları güzelleştiren ya da çirkinleştiren şeyin onların dış görünüşü değil davranışları olduğunu. Büyüdün yalnızlaşarak... Büyüdün her şeyden uzaklaşarak. Hem olgunluk hem de aşktan elini eteğini çekme döneminde fark ettin beni. Ben de büyümüştüm, ben de yorgundum. Ve ben de aşktan yana körelmiştim. Sen artık beni görüyordun. Yürüdük birbirimize yorgun gözlerle. Şansımız dönmüştü sanki. Ama dedim ya, şansa ihtiyacın kalmadığında ayağına gelen şans, şanssızlıktır işte. Buna da şükür. En azından yalnız değiliz artık. Yalnızlığa düşen karlar, en çok kendini üşütür. Bunu sakın unutma.

Merhaba şans(sızım)...

Geçmiş, paylaşılırsa hatıra olur. Saklama kendini benden. Susuyorsan bu senin cahilliğinden değil, çok şey bildiğinden... Bunu şimdi daha iyi anlıyorum. Kaygılarını da biliyorum. "Aynı dili konuşanlar bile birbirini anlamıyor" diyorsun. Haklısın. Susuyorum. Paylaşmıyorsun. Olsun. Bekliyorum. Bir gün anlatacaksın hangi yollardan geldiğini, bir gün sen de getireceksin bana geçmişini.

Koşarak çıktığın merdivenler yordu seni... Emek verilmemiş bir aşka çarpıp düştün. Yorgundun. Kalbinden nefes alıyordun. Hep böyle oluyor sonunda; "Onun" için çizdiğin yolda kendin yaya kalıyorsun. Kazandıkların kaybettiklerine değmiyor. Ve aşk, o kadar acımasız ki, her şeye rağmen devam ediyor. Önce merak eder öğrenirsin, sonra öğrendiğini unutmaya çalışırsın. Ama unutulmaz işte... Zamanla, yalanla gerçeğin uyumuna dönüşür aşk.

Sana söylemek için biriktirdiklerim, sen aklımdayken unuttuklarımdı. Oysa ne yaman sorular hazırlamıştım. Zaten, hayatımız uzun bir soru değildi de neydi? Eski acılarını saramadığından, yenilerini meşgule alıyorsun, biliyorum. Aslında acılar hiç geçmiyor, yeni acılar gelince o meşgaleyle eskilere ara veriliyor.

Kendimizi iyi hissetmemizi sağlayan, kendimize söylediğimiz kaliteli yalanlardır. Yine de yorulur insan böylesi bir yaşamda. Çünkü gerçekler yaklaştıkça büyür, yalanlar kaçtıkça...

Yitip gidenler seni yalnızlaştırsa da ve herkes senden daha yalnızsa ve sen herkesin yalnızı bile olamıyorsan, yine de vazgeçme hiçbir şeyden; çünkü insan yitirdiklerinde değil, vazgeçtiklerinde kaybolur.

Üvey kalplerde doğmuş piç aşklar büyütmek yerine, gerçek kalplerde doğmadan ölmüş sevdalar göm gözlerine. Hep gidenleri seçmiş olmandan duymuş olduğun pişmanlık, hiç seçim yapmamaktan duyacağın pişmanlıktan büyük olamaz. En azından denedin. Ya gelmeyecekleri bekledin, ya da hep gideceklere eklendin. Büyüdün bu tek başınalıkta... Büyüdün bu tenhalıkta. Unutma! Ölen bir çocukluğun geride bıraktığıdır aslında büyümek.

Biz, birbirimizi yaralarından tanırız. Acılarımızı gülümseyerek sararız. Adamın halinden adam anlar. Bak kimsem yok, herkesim çok... Gel de benim her şeyim ol.

Yara en çok iyileşirken acır

Varlığının mirası olan yokluğundur bana kalan. Bitmedi bende yok olasıca yokluğun. Seni beklediğim köşe başları, seyrettiğim filmler, dinlediğim şarkılar... Hiçbiri boşluğunu doldurmuyor. Yeni yaralar açıyor her biri. İnsanın kendi yalnızlığıyla imtihan edilmesi ne acı değil mi? Sevgimin karşılığı boşluk olmamalıydı oysa... Çok şeyim yoktu aslında sana verebileceğim. Olanlar da seninle gitti zaten. Elimde avcumda yoktu, ben de kalbimden verdim. Karşılığı koca bir hiç! Bazen düşünürken öfkeleniyor insan; bir ömürlük aşkımı kısacık bir hoşça kal'a nasıl sığdırdın?

Beni jilet kesiği sözlerinle uğurlarken, nasıl da hazırdın bensiz günleri kucaklamaya... Yalnızlığı öğrettin bana, hep yanımda olacakmış gibi yapıp, hiç ama hiç gelmemişliğinle... Yokluğun çokluğu siliyor bilesin. Herkesimi ve her şeyimi alıp giderken düşünmezdin elbet. Düşünseydin gidemezdin... Belki daha güçlü yapar beni yalnızlık, sabretmeyi, aldanmamayı, ağlamamayı öğrenirim belki. Kimse için kimseden vazgeçmemeyi belki de...

Herkes doğar... Ölüm de herkes içindir ama bir tek yaşamak eşit değildir. Bizim kısa hikâyemizde, hayat eşit olmadığımızı gösterdi bize. Sen zenginliğin kurbanı, ben yoksulluğun acımadığı... Yine de kötü söz söylemem ardından. Gidişin bana dervişliği öğretti, şu bir ölümlük dünyada. Sabrım ve dirayetim var. Bu da geçecek. Geçmeyen ne kaldı ki? Sen dahil. Belki zor olacak ama artık çok iyi biliyorum; yara en çok iyileşirken acır.

Kimse aradığını bulamadı aşkta. Ya, yarım kaldık ikimize, ya fazla geldik birimize. Âşık olmak istediklerimizle âşık olduklarımız birbirini tutmadı. Kimimiz olanla yetindi, kimimiz yetinemedi kendi yalnızlığıyla bile... Biraz da cesaretti aslında aşk. Gözünü budaktan sakınmamaktı. Ve kabullenmekti olanı da, olmayacak olanı da... Aşka soyunmuşsan yorgun bir hayatın içinde, göze almalıydın getirirken götüreceklerini. Sakın unutma, kuşa özgürlük veren kanatlarıysa, onu tutsak eden ayaklarıdır. Bunu bilmeli ve cesaretle kabullenmeli insan. Cesaret aşkın yelkenidir sevgili. Yok o cesaret sende! Korkaksın sen! Üzgünüm, benim senin kadar korkak olmaya cesaretim yok.

Bazen hak etmediği değerleri sunarız sevdiklerimize. Onlar bile şaşırırlar ne olduklarına. Gözünde çok yükselttiğin, bir gün gerçekten yukardan bakmaya başlar sana. Senin yücelttiğin, seni beğenmez. Uzaktan bakarsın eserine. Anlamazsın aranızdaki gerçek uzaklığı. Öyle çok anlam yüklersin ki karşındakine, yaptığı yanlışlar bile doğru gibi gelir sana. Gerçekler yalana dönüşür, yalanlar gerçeğe... Beni böyle bir hale getirdikten çok sonra vardım düştüğüm kuyunun farkına. Anladım ki içimde bu kadar fazla olman, benim eksikliğimdenmiş.

Yüreğin varsa, sevdiklerini yaşarken öldürmezsin. Eğer yüreğin yoksa yaşayanlar senin için zaten ölüdür. Ben dersimi aldım senden. Şimdi yalnızlığıma gidiyorum sevgili. Emin ol daha mutluyum orada. Seni sana emanet etmek isterdim ama inan ben daha iyi bakarım sana... Yokken bile yanımda...

Merhaba yalnızlığımın ustası...

Yalnızlık koleksiyoncusuyum ben. Ama hiç yalnız kalmadım, yalnızlık oldum hep. Beni hiç yalnız bırakmadı yalnızlıklarım. Çok terk ettim onları. Ama dönüp dolaşıp yine onları seçtim. Aslına bakarsan ne kazandığım yalnızlığa seviniyorum ne de kaybettiğim kalabalığa üzülüyorum. Tek başımayım ama hâlâ ayaktayım. Bir tek içimde sakladığım acılar, alnımdaki çizgilerden kendini ele veriyor o kadar. Acıyı çözdüm mesela. Onunla ayakta durabilmeyi...

Acılardan kaçılmaz, biliyorum ama nasıl en az zararla çıkılır öğreniyor işte insan. Hayatın benden çaldıklarını hayattan çalıyorum şimdi. Acıya katlanmayı öğrendim de işte yine de bitmiyor içimin sızısı... En büyük yanılgım neydi biliyor musun? Sen bir acıymışsın ama ben seni aşk sanmışım... Acı ama geçecek. Demiştim ya hani "İnsanız, ne yapsak eksiğiz işte" diye. Bu da benim yeni bir eksiğim olsun; ha bir eksik, ha bir daha eksik, ne çıkar?

Seni tanımadan soldurduğum aşkı sende yeşertmeye çalışmıştım. Şimdi gözleri avuçlarına dolan bir adamım. Yarım kalmadı aslında bu aşk, tam ortasından bitirildi. Ellerine veda etmek, mutluluğu feda etmekti. Kendimi de seninle kaybetmek adına yaptım bunu. O kadar kaybettim ki beni, seni unutacak kadar özledim kendimi. Aşkın muhteşemliğinde ayakları yere basmazken toprağa girmek ne acı.

Böyledir işte orantısız aşklar, ağırlaştırılmış yalnızlıklar... Çok merak ediyorum; önce kim yoruldu bu kalp güreşinde? Benden sonra kaç yalnızlık yatırdın yatağına? Kimlere armağan ettin herkesten kayırdığım kalbini? Bak! Yastığımın kıyısına sığınan son saç telinden de düşüyorum. Sevgili; hani aşk varsa imkânsız yoktu?

Gittiğini anlamamak için sana sarılan yanlarıma sarıldım senden sonra. Arabesk şiirler yazdım, "Bu hayatta sana ölmekten başka ne gelirdi zaten elimden? Aşkımın ölçüsünü al ve hazırla tabutunu kendi elinlen" diye başlayan. Buraya kadarmış işte. Her şey seninle başlamamıştı ama her şey seninle bitti. Git! Ya kendine iyi bak, ya da sana iyi bakacak birini bul şimdi.

Bir yalnızlık koleksiyoncusuyum ben; herkesin her şeyi olan ama kimsenin hiçbir şeyi olamayan... Ve bilirim; yalnızlık ağırdır. Yalnızlık ağrıdır.

Gitmek yormuyor kalmak kadar

Aşk, koklamayı bilene gül, tutmayı bilmeyene dikendir. Biz seninle koklamayı bildik de tutmayı beceremedik. Bu yüzden kanadık boyuna. Bu yüzden ellerimizde diken yarasıyla dönüyoruz kendi yalnızlığımıza. Aşkın kendisi bencildir ama hiçbir bencilliği kabul etmez. Kendi ömrünü kısaltır durmadan. İnsan, ansızın bıkıverir yaşadığından. Derin sularda yüzmek ister, yüzmeyi bilmeden. Maceralar çağırır seni uzaklardan, gönül kaçamaklıdır, gönül yara almak ister. Hatalar ve pişmanlıklar gelir arkasından. Şaşırarak bakarsın kendine "Bu ben miyim?" diye. Her şeye şaşırmamayı öğrenirsin sonra. Çünkü ne yalnızlığın nereden geleceği bellidir, ne aşkın nerden gideceği. Kendi çaresizliğinde kavrulur insan. Bir süreçtir geçip giden ve "biz"i "ben"e dönüştüren. İçinde birikenleri anlatmak istersin. Anlatmak "Beni ne olur anla" yalvarışının bahanesidir aslında. İnsan anlaşılmak ister, sonra da yeniden sevilmek. Zamana bırak her şeyi derler. Bırakırsın. Başka zamansızlıklar içinde oradan oraya savrulursun. Ama zamanı asıl tüketen zamansızlığımızdır. Geç öğrenirsin...

Âşık olmakla sevmeyi bilmek aynı şey değildir. Bazen, seviyorum demek bir ömre yetmez, bazen de bir ömür sevmeye... İkimiz de hatalar yaptık. Hatalar insan içindir. Önemli olan ders alabilmek... Ben, o dersi çoktan aldım sevgili. Ama bendeki tecrübe, biz olmaya yetmedi. Kaldı ki bazen akıl yetmiyor tecrübeye, zaman da istiyor... Hem de uzun zaman. Hayattaki tecrübelerimin bana gelecekte neler getireceğini bilemem ama geçmişteki hatalarımın benden neler götürdüğünü çok iyi biliyorum.

Kendi yeşerttiğimiz aşkta kuruyup ölecek kadar beceriksizdik. Yine de vazgeçmedik aşktan. Yine sevdik, yine beceremedik. Vefasızlıklar nasırlaştırdı kalbimizi. Yine de en yumuşak yanını bulduk aşkın her ayrılık sonrası. Hayat bize hayallerimiz yıkıldığında, "Hayal kırıklığı işte" deyip geçmeyi öğretti de gerçeklerimiz yıkıldığında ne yapacağımızı öğretmedi. Bu hayat dediğim anlatırken çok uzun da yaşarken çok kısa işte. Yine de hayattan beklentilerini iyi belirlemeli ve ne istediğini bilmeli insan. Bugünkü aklımla düşündüğümde, istemediğim bir hayatta yaşamaktansa, istediğim bir hayatta sürünmeyi tercih ediyorum.

Ama bazıları kolayı seçiyor. Bazıları kolay gibi görünenin aslında daha zor olduğunu bilmeden gidiyor. Yolu açık olsun yolda bırakanın. Ben, bana sunduklarınla değil, benim için vazgeçtiklerinle ilgileniyorum. Ve görüyorum ki benim için değil, kendin için katlanmamışsın aşkın yüküne. İşte bu yüzden yolun açık olsun. Sen kolayı seçtin ve gittin. Çünkü gitmek yormuyor kalmak kadar.

Merhaba yolda bırakanım...

Başkalarının sana vermediği mutluluğu, neden benden çalıyorsun?

Aramızdaki zaman bükümlerinde, hayatla arama gözlerinden yapılma duvarlar ördüm. Bir gün yıkıldığında, o gözlerin altında kalmamak için tüneller hazırladım. Yoksa sana her dönmek istediğimde o duvarları aşmak zorunda kalacaktım. Örselenmiş, çarçur edilmiş bir hayattan geliyordum; bu yüzden kolaya alıp kendimi, zoru sana bıraktım. Yaşamın utançlarını taşımaktan yoruldum... Başkalarının hatalarını omuzlamaktan vazgeçiyorum. Tek başıma yürümemek için vitrinlerdeki yansımamı seyrettim. Sen günaydın demediğin için aydınlanmayan günlerim çok oldu. Ama sen? İnsanoğluna bahşedilmiş en büyük armağanı tereddütsüz kabul ettin: Unuttun!

Şimdi biraz eksik, biraz eşsizsin benim için. Sessizliğimin neden bu kadar kocaman olduğunu düşünüyorsun değil mi? Bunca konuşmalarında, senin yerine de susuyorum da ondan!

Sana, dünyanın en gerçek yalanından; aşktan sesleniyorum sevgili. Hayat bu işte bırak aksın, anlamı bende, utancı sende gizli kalsın. Biz aşkı ne sanmadık ki? Dünyanın sonu gibi herkes bir gün geleceğine inanır onun. Oysa aşk, içini yaktığı ka-

dar gerçek, mutlu ettiği kadar yalandır. Ve aşkı bulanlar değil, bekleyenler kaybeder. Bulanlar da kaybetmek için beklemiştir zaten.

Bir ayrılığı daha kaldıramam diyerek yeniliyoruz her aşka ve yine başlıyoruz, biteceğini bile bile... Bu aşk denen illet yalpalarken her yol ayrımında, ağlayarak gülebilmeyi öğretir adama. Adam adamlığından vazgeçer! Acı sonuna kadar, aşk bitene kadar çekilir. Evet! Aşk biter. Tene anlam giydirmektir aşk. İstese her şeyini alıp gidebilecekken, o yalnızca kalbini götürür... Her ilk, hep geçmişte kalmaya mahkûm olduğu içindir geçmişe özlem. Ve insanları benzerlikler buluşturur, farklılıklar ayırır, bil sevgili! Bunca özlediğimsin işte, bunca benzerliğin üzerini örttüğü bunca farklılığa rağmen... Biz çok sonra öğrendik "Seni karşılıksız seviyorum" demenin de aslında bir karşılık beklemek olduğunu...

Güzel ve iyi bir aşktaki tek kötü alışkanlığımdın sen ayrılık... Ki bütün alışkanlıklar kötüdür zaten...

Başkalarının bana vermediği mutluluğu kentinin kuytuları korusun... Ama bu şehirde bir yanlışlık var; hiçbir sokağında yoksun!

Hayırsızım/Gitmek

Deniz in yorgun olduğu akşamlardan birinde duymuştum sesini. Dalgalarla birlikte şarkı söylüyordu. Sahilde tek başına şarkı söyleyen birine ne zamandır rastlamamıştım. Çıplak ayaklarıyla kumları ezerek yürüyordu. İlk defa bilmediğim bir şarkının büyüsüne kapılmıştım. Öylece dinledim onu. Şarkı bittiğinde alkış tuttum. Şaşırdı. Beklemiyordu. "Bana da öğretir misin bu şarkıyı?" diye sordum. Gülümsedi. "Hadi beni tekrar et" dedi. Denize doğru dönerek yüzümüzü, olduğumuz yere oturduk.

Hasret vurur yüreğime

İçim yanar sızım sızım

Bel bağladım yollarına

Ah dönmedin hayırsızım

Girişiydi şarkının. Onunla birlikte tekrar ettim. Ezgisiyle beraber önce o söylüyor, sonra ben tekrar ediyordum. Şarkının ikinci kısmına geçtik sonra.

Boynum büktüm güller gibi

Dalımda bir deli telaş

Çekip gittin uzaklara

Öldürdün sen yavaş yavaş

Bakıp durdum eller gibi
Ne yâr oldun ne arkadaş
Sönmeyen ateşler gibi
Yandırdın sen yavaş yavaş

O kadar içli söylüyordu ki gözleri ha yağdı, ha yağacaktı. Şarkının sözleriyle birlikte dalıp gidiyordu karanlığa. Bir ara daha fazla tutunamayan yaşların, kendini yanaklarından aşağıya bıraktığını gördüm. Ve şarkı bitiyordu.

Çaldın taştan taşa ömrüm
Hep sevdanla dertli başım
Gözlerimden akan yaşım
Ah silmedin hayırsızım

Önce uzun bir sessizlik oldu aramızda. Sonra ben "Daha önce hiç duymadım. Kim söylüyor bu şarkıyı?" diye sordum. Ayağa kalktı, küçük adımlarla yürümeye başladı ve "Ben söylüyorum" dedi. "Sadece ben." Şarkının kendi bestesi olduğunu anladım. Ama öyle bir "Sadece ben" dedi ki, sanki "Keşke başka biriyle de söyleyebilseydim" der gibiydi.

Sonraki günlerde beraber söyledik o şarkıyı. Ama hiç anlatmadı bana hikâyesini. Birbirimize yavaş yavaş tutuluyor, o şarkıyla birlikte her gün biraz daha yakınlaşıyorduk. Önce el ele, sonra diz dize söylemeye başladık. Aşk başladı o şarkıyla. Ama sonra bizi birbirimize bağlayan o şarkı, hep bir gölge gibi düştü üstüme. Bana yazılmadığını bildiğim ama söylemekten çok hoşlandığım o şarkının kime yazıldığını öğrenmeliydim. Birkaç kez sorma cesareti gösterdiğimde "Sakın bunu sorma" demişti. Bense üstelememiş, hatta unutmuştum. Fakat ne zaman "Bakıp durdum eller gibi, ne yâr oldun ne arkadaş" kısmı aklıma gelse, yine içimdeki kurtlar sökün ediyordu beynime. Ve o gözlerindeki buğu. Evet. O şarkıyı ne zaman söylese gözleri buğulanırdı. Ve ben aslımı o buğuda kaybederdim. Gerçek, bir şamar gibi yapışırdı yüzüme. Unutamamıştı. Hâlâ seviyordu! Ve ben artık gitmeliydim. Tıpkı şarkının sözlerinde olduğu gibi, ne yâr olabilirdim ona ne de arkadaş.

Bir akşam son kez birlikte söyledik o şarkıyı. Ama o akşamın son olduğunu o bilmiyordu. İlk defa ağladım şarkıyı söylerken. Ve benden geriye sadece bir mektup kaldı ona... Bana ise bir daha söylememek üzere dilimi mühürlediğim bir şarkı. HAYIRSIZIM.

Merhaba hayırsızım...

Gitmek; yaralı bir gemi gibi ağır ağır batarak... Gitmek; defolmadan. Gitmek; aksak adımlarla ağırına ağırına, zoruna zoruna... Gitmek; yaralı bir hayvanın kendini sürükleyebildiği yere kadar. Gitmek; daha gelmemişken yolun yarısına.

Yılları bir bavula tıkıştırdım ve bavulumda yangınlar taşırken, ellerim üşüye üşüye gidiyorum. Vazgeçişlerim, içimde birbirine çarpıp yere düşmeden, kararlılığın ellerini öpüp başıma koyarak gidiyorum. Gider gibi değil, terk eder gibi gidiyorum. Yokluğum tüm varlığına armağan olsun sevgili.

Belki de gitmek değil, kalamamak benimkisi, eğreti durmak, mümkünsüzü düşlemek.

Durduğum yerde bitip, gidebildiğim yerde yeniden başlamak için gidiyorum. Yeterince kalan oldum, şimdi gitme vakti. En acısı da giderken kalmak sevgili... Herkes gider ama her giden yakın kalmaz; unutama beni!

Öyle yılışık değil, ukala bir gidiş benimkisi. Ucuz bir biletin arka koltuk rahatlığıyla, bu kez başka gidiyorum. Ne kendim için gidiyorum, ne senin için döneceğim. Gitmenin hası dönüşsüz olanıdır. Hayat, kapıyı yardımsız açabilecek kadar büyüttü gitmeye teşne kollarımı.

Bir yanı hep gidende kalırmış terk edilenlerin. Seni bırakmadan senden geçiyorum, senin için, sana rağmen. Varlığım beceremedi, bari yokluğum öğretsin özlemeyi.

Gitmek, yıkılan duvarlarımızı yeniden yapmaktır kendi yıkıntılarımızdan. Nereye gideceğim değil, neye varacağım meçhul. Bu yüzden gelme içime. İçim kalabalık, ezilirsin. Gelme, yüzümün gülmeyen yalnızlığı. Ve affet beni yalnızlığım, seni de terk ediyorum. Terk etmek, katiline özgürlük sunan bir cinayettir. Kendimi uzaklara kilitliyorum. Bir gün gerçekte terk edilenin kim olduğu sorulduğunda cevap olarak kendimle karşılaşacağımı da biliyorum. Yine de gidişime sadık kalarak, durgun bir göle düşüp kimliğini kaybeden olmak yerine, toprağa sertçe çarparak ölen ama ardında umut tomurcukları bırakan bir yağmur damlası olmayı seçerek gidiyorum. Hoşça kal sevgili!

Var olan gerçek şu ki; ben gittim, sen kaldın. Biraz aşkta, biraz geride, en çok da bende. İzlerin hep var. Giderken geriye bakılmaz. Geriye bakılmışsa o gitmek olmaz. Unutmaya kalkan bir trendir gitmek. Ve çok çok uzaklara gitmelidir giden; yakınındayken uzak kalmak daha hüzünlüdür zaten. Giderken de öğrenebilir insan geride hiçbir şey bırakmamayı, geride kalarak gidilmediğini...

Gitmeyi öğreneli çok oldu be sevgili. İyi bilirim içimdeki büyük patlamaların kaçınılmaz hasarlarını. Varmak değil, gitmek istiyorum sadece; nasılı olmayan bir soruya, nedeni olmayan bir cevap gibi... Gidiyorum artık. Düşüm, düşüşüm oldu.

Bu acıdan başka bir acıya taşınıyorum; geçmişimde izi kalmış terk edilme yaralarını sende açarak...

Doğrudur bazen gitmek; dönmelerin kalmaları kalmamışsa eğer... Yalnızca ölüler yalnız gider sevgili. Aklımın çözemediğini ayaklarım çözecek ve bir ölü gibi geçip gideceğim üstünden. Islak bir elin farkında olmadan kuruyuşu gibi silineceğim hayatından.

Kalmak roldür bazen, zorlama! Göç gözlerde başlar, bakma! Keşke kendimi bırakıp gidebilseydim; ama şimdi sadece gitmişliğimle kalacağım aklında. Bilirim; varacağın yeri zorlaştıran aradaki menzil değil, geride bıraktıklarınla aranda giderek açılan mesafedir. Ve gitmek çok yavaş öldüren bir zehirdir.

Kalmaya bir neden bulamadığımdan değil, gitmeye esaslı sebeplerim olduğu için gidiyorum sevgili. Bu yüzden dönmemi bekleme benden. Zaten o dönüş de gerçekçi olmaz; bir daha gitmeyeceğime olan inancı da beraberinde getirmedikçe...

Sen de git hadi! Gidelim birbirimizden; sanki gitmesek kalabilecekmişiz gibi...

Yeni hayatlar görmeye değil, gördüklerimi unutmaya gidiyorum katilim. Gözyaşımdaki sessizliğin nefesinden, yağmurumdan tanırsın beni. Kendi ömrümden cayıyorum ve ömrüm uzun bir cenaze törenine dönüyor. Yıllar geçiyor ve yaşlandıkça geleceğe daha meraksız, geçmişe daha özlemli oluyor insan. Bu yüzden unutama beni.

Geride bıraktıklarını değil, giderken götürdüklerini yaşar giden; ilki de kalana kalmıştır bu yüzden. Kalamam; gittiğim her yer kaldığım yer olduğu sürece. Bisikleti ilk kez süren birinin gitmeyi öğrendiğinde düşmemek için hep pedal basması gibi bir şey bu. Son notası duyulmayan her şarkı, hiç bitmemiş gibi gelir insana, değil mi?

Ey geride kalanım! Yaralarında çağlıyorken kan; sen, gittiğim yolların benden hesap sormadığını san!

Merhaba bırakıp gidenim...

Sadakatimi köpeklik mi sandın? Seni unutamam, senden gidemem diye mi düşünüyorsun? Sana koşulsuz sunduğum aşk, ona ihanet etmen anlamına gelmiyor katilim. Ki ihanet bir insanlık suçudur bana göre. Ve ihanet, intikamın yan komşusudur; bir gün mutlaka kapını çalar...

En büyük suçum neydi biliyor musun? Her umudu sen sandım; bu yüzden bu kadar sarıldım, sarsıldım, yanıldım... Peki, yokluğunda ne yaptığımı biliyor musun? Hiç sana benzemeyen bir sen yaratıp, kendimi seninle aldattım! Böyle sardım yaralarımı... Ve böyle ihanet ettim kendime...

Öyle bencildin ki, kendinden daha fazla sevemedin kimseyi. Ya da karşı tarafa yüklediğin her anlamda, kendi öz benliğini gördün, gördüğünü sandın. Sence aşk, karşındaki üzerinden kendini sevmek midir katilim? Cevabın belli değil mi? "Kendini sevmeyen başkasını sevemez" diyeceksin. Sen de haklısın. Ama yanıldığın nokta şu; sen kendini sevmiyorsun, sen kendine âşıksın. Bu yüzden başkalarının bedeni aracılığıyla, kendi ruhuna sarılıyorsun. Kendi özüne, başkalarının teniyle ulaşıyorsun, sonra o teni bir posaya çevirip, çöpe atıyorsun. Ve başlıyor "Neden yalnızım, neden kimse beni sevmiyor?" soruları...

Sanırım hepimizin sorunu bu katilim. Egolarımız o kadar şişkin ki, bu yüzden o devleşmiş benliğimizi aşıp, başkalarını sevemiyoruz. Başkasını sevmek, sevilesi benliğimize ihanet gibi geliyor. Biz de onları sever gibi yapıp, kendimizi yüceltiyoruz. İyi hissediyoruz severken kendimizi. Güven duvarlarımız daha da yükseliyor, yükseliyor ve çok fazla büyüyor üstümüze düşen gölgesi. Aşırı güvenin gölgesinde loş bir hayatı seçiyoruz. Seçiyoruz seçmesine de, sonra o loşluğun içinde neleri ezdiğimizi göremiyoruz. Sesler duyuyoruz sadece, ayağımızın altında ezip geçtiğimiz yüreklerin iç burkan sesleri... Aldırmıyor, yürüyoruz karanlıklara. Ve karanlıklar arttıkça daha da çoğalıyor körlüğümüz. Ne bize gelenleri fark edebiliyoruz, ne de bizden gidenleri... Bir başka duvar çıkana kadar karşımıza, umarsızca yürüyoruz hayatın biz sandığımız kalanına...

Bazı şeyler darmadağın edilerek düzeltilir katilim. Önce, boyunu aşan o güven duvarlarını yıkmalısın... Çok değil, gerektiği kadar güvenmelisin kendine. O zaman yıkıldığında şaşırmazsın haline. Ayağa kalkabilecek gücü zaten hazırlamışsındır önceden. Hep bir "Başaramam" ihtimali tanımışsındır sana. Çünkü yalnızca kendine aşırı güvenenler, muhtemel bir fırtına için hazırlık yapmazlar. Ve sürüklenirler rüzgârda, karda, boranda...

Hayat bana neyi öğretti biliyor musun katilim? Gülmeyen bir baht için ağlamamayı... Kahkaha aramakla ömrünü geçireceğine, gülümsemeyi dene. İnan çok daha mutlu olacaksın. Ben ki senin akıl hocan değilim. Bu kadar yazdığıma bakma.

Sadece okuman içindi. Belki başkaları da yazar, belki onları da okursun. Ama şunu çok iyi bil ki; okuduklarımızdan ziyade aklımızda kalanlar bize yol gösterir. Umarım unutmazsın bunları. Çünkü bu sana son iyiliğim katilim!

Kopacak bir aşkı hiçbir köprü bağlayamaz, sonsuzluğa kadar yürünecek bir aşka da hiçbir duvar engel olamaz. Ya adam gibi kal benimle, ya adam gibi git benden. Ulaşılmaz değilim ama basit biri de olmadım hiçbir zaman. Bu yüzden değerimi bilmeyeceksen bana hiç ulaşma. Seni başkaları yakmış, islerini bana bulaştırma.

Merhaba sırtımdan bıçaklayanım...

Adını anmadan özlüyorum seni. Yenildim sayılmaz yani... Gururumu incitmeden ve senin haberin olmadan, peşinden sessizce sürüklenmeyi hak görüyorum kendime katilim. Farkıma varsan farkın olurdu, biliyorum. Ama sen de diğerleri gibisin. Gitmek için hep gelişlerin. Keşke, kalbime düşürdüğün lekelerini gözyaşımla yıkamama izin verseydin. Ellerindeki kir, utanırdı belki hayatımı karartan izlerinden.

Sana inanmak, kendini oyalamaktır ömür denen duraklarda. Sen fark etmesen de inanmış gibi yapmıştım yalanlarına. Hatta dönüp gelsen belki yine kanardım da sana... Ama... Suçlarını örtebilecek cümlelerim kurudu dudaklarımda. Durgunluktan yorgun, yorgunluktan durgun bir insan oldum senden sonra. Neye elimi atsam hep hüsran, hep ziyan... Zaman desen geçmeye korkak, ben kalmaya, ona inat. Biliyorum her şeyin sonu değil bu. Hayat elbette devam edecek senden sonra da... Tecrübelerimiz, bir sonraki yanılgımızın sargı bezi olacak. Sarılan yaralar iyileşse de izleri hep duracak. Zor mu geliyor bütün bunları tecrübe etmek? O zaman, işin içinden çıkamıyorsan sen de benim gibi üzerinden bir kez daha geç. Önemli değil, değerli olmayı seç.

İnsan yaşarken anlamıyor katilim. Yıllar ne çabuk geçti diye hayıflanıp dururuz ya hani; aslında ölüm, hayattan daha hızlı.

Ya hayatın içinde hayata saklanıp duruyoruz ya da ömrümüz boyunca dağıtıp dağıtıp topladığımız hayatı "Bu defa son" diyerek yeniden dağıtıyoruz. Oysa ömrü yaşanır hale getiren insanlar, onun değerine değer katmayı bilenlerdir. Bu yüzden sakın unutma; hayat, onu düzeltmeye çalışırken bitendir.

Ne garip değil mi; kaliteli insanların bile basit aşkları olabiliyor bu hayatta. Senin hayatının neresindeydim, sende ne kadar vardım, neydim hiç bilemedim. Değerimin bir gün anlaşılacağını bekledim hep. Ve inan katilim, senin kadar zehirlemedi beni çölümdeki akrep.

Yine de adını anmadan özlüyorum seni katilim. Beni sırtımdan bıçaklamış olsan da... Bu kan hep akacak, durmayacak, duramaz... Çünkü yarası sırtında olan, kendi yarasını saramaz.

Merhaba aklımda kalanım...

Ben sana şiir yazmadım, bütün şiirlerimi senden topladım. Yol bildim de gözlerini, o yolda yürümeyi beceremedim. Çok tökezledim tökezlemesine de... Öldüm öldüm düşmedim yine de... Senin ışığın zayıf değildi, benim karanlığım çoktu. Bir beyaz yalan bile söylemeye gerek duymadan gidenler gördüm. Ama senin gerçeklerin kadar dilimi yakan yoktu. Çok ağladım, çok. Gözyaşı aşkın suyudur, dediler. İnandım. Sustum. Kurudum. Beni unuttuğun her gecede gittim de senden, içinde "aşk" geçen her hecede sende durdum.

Biliyorum gitmeyi istediğinden değil bu gidiş, kalmayı beceremediğinden... Terk edilmek de değil aslında korkum. Ya gittiğin yerleri seversen? Çok yer tutmam kalbinde. Bir köşesine siner kalırım. Senin içinde kendi içime kapanırım. Ses etmem, sessizliğini bozmam, beni hatırladığın kadar varım. Çok değilim inan sana, vazgeçtiklerin kadarım. Sensizlik bir diken gibi batıyor içime. En acı olansa ortada bir gülün olmayışı. Kaçsam bir türlü, kaçmasam bin türlü acı. Bu gitmeleri kim koydu eşiğe, bu acıyı kim bıraktı içime? Sen mi gittin, ben mi kaldım bilemedim. Her gelene kucak açtım da bir gidenlere kal diyemedim. Oysa aşk iki kişilik bir şarkıydı katilim, kulaklar tıkadığında bile duyulan... Bir acı kedermişsin meğer gönlüme taht diye kurulan.

Kalbimi çal diye kapısını aralarken ben, sen kapıyı çalıp kalbimi açık bıraktın. Söyle, neden hoş gelmedin de güle güle gittin? Kimden kaçsam sana tutuldum. Serseri kurşunlarla vuruldum. Şimdi herkes sana benziyor, herkes sen gibi. Bıktım artık bu yokluğundan yapılma hüzünden. Suç başkasında değil, başkalarının yüzünde seni aramam bile senin yüzünden.

Uçarcasına yaşadığım bir aşkın sonunda kanatlarım sende kaldı. Şimdi hayat ne güldürüyor, ne ağlatıyor, ne öldürüyor ne de yaşatıyor. Bir türlü adını koyamadığım şey; sende yok olan aşk bende neden yaşıyor? Şimdi o kadar yabancı ki bana sensiz bu dünya, bilmediği yerlerde insan bildiklerini de kaybediyor. Sonum oldun. Ne ilk, ne de sondun. Öncemdin, geride kalacaktın ama sonum oldun.

Kendime olan güvenim bile sende kaldı. Bu yüzden insanları hep kandıracağım. Yarın seni daha çok unutmuş gibi yapacağım. Ben kalırım; yeter ki sen "Hoşça kal" de... Çünkü yarın bugünümden daha sahte olacağım.

Merhaba nöbetini tuttuğum...

Kendimi vitrinlerde seyrederken, bir aşk tüccarının rafında kalmış alelade bir çerçeve olduğumu anlayamamışım. Ne zormuş insanın sevildiğini sanması. Tırnaklarıyla kazıdığı bir aşkta, tırnak kadar değerinin olmaması... Ben aşkı, kıracağını bile bile kalbini sevdiğine vermek ve bundan hiç gocunmamak olarak bilirdim. Uğruna ölünebilecek yaşamlar bulmalı ve sırf bunun için bile yaşamayı göze almalıydım. Aldım! Tek taraflı sevdim. Boşluktaki yanımı da ona verdim. Gözlerindeki sığınakta, kendimi kalbimden astım. "Denize âşık olanlar gel-git'ine de katlanır" dedim. Gitti ama gelmedi. Bir adım bile yaklaşmadı bana, hep uzakların yakını oldu.

Yokluğum belki hatırlanır dedim uzak yerlerden. Ama sevilmeyen hatırlanmıyor, gerçekten yitirilmeden. İnsan neler öğreniyor yaşarken. Mesela aşk acısı kalpte oluşuyor ama asıl yarayı ruh alıyor. Yani sonunda her şarkı bitiyor ama hiçbir şarkı ölmüyor. Ey benim acımasız katilim; yaşanıp da bitenden daha acıdır yaşanmadan bitenler. Biraz yaşasaydık keşke. Keşke beni, anısı olan bir geçmişle terk etseydin. Bak, gözlerinde yüzüyorum her gece... Ve kara görünmüyor gözlerinde. Yokluğunu bile seviyorum yâr; çünkü o bile sen olduğun için var.

Her mevsim gelişini bekliyordum. Sanki bir öncekinden farklı olacakmış gibi. Sanki gelecekmişsin, gelip de gitmeyecekmişsin gibi. Kalbimde kanayan açık bir yaraydın. Kalbime seni bastım. Yaralarıma seni sardım. Ne acı ki sen bana ilaç değil, zehirli bir yara bandıydın.

Her gidişinde seni beklemeye soyundum. "Ben gelişini bekleyeyim, gerisi sen kerim" dedim. Sense hep dudağımın kenarında yaşadın. O yüzden iyi bilirim gözyaşımın tadını. İnan, ölmek daha kolay her gün kan kaybetmekten. Belki ölmem bu kayıplardan ama yaşıyor da sayılmam seni beklerken. Yokluğun varlığımın yüz karası, dön ve kurtar beni bu utançtan.

Keşke sana sorabilseydim; yoktan var ettiklerimiz, neden hep kendilerini yeniden yoka dönüştürür? Sen benim aşk sebebimken, neden ben senin ayrılık bahanenim? Bu kadar çok ayrılık sığdırabildiğimiz bir ömre aşk neden büyük geliyor? Hangi yakının uzağıydın ve sana verdiğim değeri hangi değmeze sattın? Ey, yalandan insan! Kendimi bile seninle kandırdım; ben daha kime inanayım? Keşke sana sorabilseydim; hangi pişmanlık daha üzücü? Yaptığından ötürü duyduğun mu, yapmadığından ötürü duyduğun mu?

Ayrılırken en çok teselli eden, giden taraftır. Öyle çok ve öyle boş konuştun ki, seni dinlemiyordum. Sadece ağlıyordum. Ama sana değildi gözyaşlarım. Kendimeydi. Giderken ağız alışkanlığıyla "Görüşürüz" demiştin ya... Ben hâlâ o sözün nöbetini tutuyorum. Unutmak için çok yanlış insanlar seçtim, bunu çok iyi biliyorum. Yine de seni unutamıyorum. Gündüzler seninle son buluyorken, geceler de senin devamın oluyor. Hiçbir bağışı hak etmediğin halde, seni içimde sessizce affediyorum. Sana bu iyiliği, layık olduğun için değil, o iyiliği yapmaya kendimi layık gördüğüm için yapıyorum. Ve ben gözyaşlarımı saklamak adına hep yağmurda ağlıyorum. Her yerim sel oluyor. Ve yağmur gözyaşlarımı gizlese de acımı yıkamaya yetmiyor.

Merhaba anlayamadığım...

Aşk kendini hem mutluluk hem de mutsuzluk sebebi olarak sunar ve sen elini hangisine uzattığını çok sonra anlarsın.

Bizim hikâyemiz de böyle işte katilim. Aşka başladık ama ne sen görebildin sonunu, ne de ben. Neye başladığımızı çok sonra anladık. Alıştığım ama kabullenemediğim bir acı gibi biriktim kendi içime. Neydi bizi birbirimize yavaş yavaş bağlayan şeyin bizi birbirimizden bu kadar hızlı ayırması? Biteceğini anlayınca insan, o panikle çok büyük hatalar yapıyor. Telaşın koynuna düşmüştüm ben de... Ne yapacağımı bilemiyordum. Bitmesin diye sana yalanlar söyledim. Evet, ben seni, gitme diye sana yalanlar söyleyecek kadar çok sevdim. Ama gel gör ki bir ilişkiyi en çabuk, bitmesin diye söylenen yalanlar bitirirmiş. Bitti ve gittin.

Belki bir şansa daha ihtiyacım vardı. Belki "Neden?" diye sormanı bekliyordum. Sormadan gittin. Çok bekledim dönmeni. Hâlâ kucağımda uyuyorken çocukluğum, ölü denizlere bırakılmış kıyısız bir insan gibi kaldım. Gelip sahip çıkmanı, "Affettim" demeni bekledim. Demedin. Öpmek, sevmekten daha kolaydı senin dünyanda ve gitmek dönmekten... Oysa ben sana avuçlarımla bakıyor, gözlerimle okşuyordum. "Bir kez daha"yı hak etmeliydim. Uzaklarda bir yerlerde varlığımı hissetmeni bekledim. Belki bu onu rahatsız eder dedim ve bir kez daha sana yenildim. Öyle ya; yokluğu hissedilmeyenin varlığı da rahatsız etmezdi. Çok öfkeliydim sana. Nefret doluydum adeta. Ama ne gam! Sevgisi sevindirmeyenin nefreti de üzmüyor adamı.

Çok sonra anladım neden bu kadar duyarsız kaldığını, neden ilk fırsatta çekip gittiğini. Bir başkası varmış o zamanlar sende. Aldatmışsın beni. Ne acı değil mi? Yalnızlığım senin suçunken, cezasını ben çekmişim. Aslında sen benden gitmemiş, kaçmışsın. Yalanlarınla yüzleşmemek için, gerçeklerle ödeşmemek için... Ey benim yangınından habersiz katilim! Senin kaçtığın şey, söylediğin yalanlar değil, sakladığın gerçeklermiş. Şimdi bana nefretin bile unutturamadığı bir geçmiş bıraktın. Gözün aydın.

Yokluğun beni bu kadar öldürürken, varlığın neden yaşatmıyor? Bana bunca çektirirken, affetmek neden hâlâ dilimin ucunda hazır bekliyor? Sen, bildiklerini yapıyorsun ve mutlusun ama ben yapamadıklarımı biliyorum ve mutsuzum. Hayat, adanmak için değil yaşanmak içinmiş. Bunu sana adadığım hayatı mahvettiğinde anladım. Hayat denen rüyayı kâbusa çevirmeyeceksin. Kendinle saklambaç oynamayacaksın. Sonunda kör de sen oluyorsun, ebe de... Aslında tek başına işlemedin bu cinayeti. Sen beni kandırırken, ben bilmeden sana yardım ve yataklık ettim. Çünkü ben seni çok sevdim.

Bana sunduklarınla benden götürdüklerin eşit değil katilim. Alacaklıyım. Ellerim yakanda. Ve çok iyi biliyorum; yokluğundur, alacaklarımdır seni içimde bu kadar var eden... Yoksa yakandan çoktan düşerdim zaten. İyi bilirler, kalbi yüzünde kırılanlar... Aşk, zamanın bile öğretemediğidir. Ve kendi gibi sevmeyen, başkası gibi sevilir. Ne kalbim kaldı kırılmadık, ne aklım kaldı çalınmadık. Ne anlayabiliyorum ne de hissedebiliyorum. Çünkü anlamak beynin, hissetmek kalbin işidir. Kısacası hatırladığın gibi değilim artık çünkü bıraktığın gibi kalmadım.

Ezberimdeki her şeye benzemen de benim suçum, unuttuklarımdaki hiçbir şeye benzememen de... Ben ne fırtınalar, ne kasırgalar gördüm. Aşka senden çok daha kördüm. Ama insanlığımla yolumu buldum. Sense, okyanuslarda büyüttüğüm kalbimi sığ sularında boğdun. Hiç ayrılmıyormuş gibi veda ediyor, hiç gitmemiş gibi geliyordun. Ağladığımda nedenini sorman yerine sarılmanı umdum. Ben sana geceme yıldız ol dedim, sen güneşime gölge oldun. Uykularım yarım şimdi. Uyumakla geçmiyor işte uyandığımda geçmeyen, beni yorma... Mademki ışığım değilsin, bari karanlığım olma.

Kimseye yazılmadı bu şiirler, hâlâ hak edenini bekler.

Aslında bu kadar söze gerek yok artık. Pişmanlığın seni cezalandırır, intikama değmezsin. Ben, beni benle oyalarım. Alışkınım. Çünkü ben kalanım. Peki, sen kendinle baş başa neyi çoğaltacaksın; gittiğin her yere yalnızlığını taşıdıkça? Dünün cevapsızlığı bugünü soru işaretine dönüştürür işte böyle. Kaybettiğin kendini bul önce. Ama sen de haklısın. İnsanın kendini araması için önce kaybolduğunu fark etmesi gerekir. Artık bunu anlamalısın. Işığı düşünmeden kapatırsan, karanlıkta çok düğme ararsın.

Katilim... Çok fazla anlam yüklemişim sana. Anlamayacağım kadar basitmişsin ama... Sakın geri gelme. Açılacak bir yaraya daha yer kalmadı kalbimde. En acısı da bende yaptığın hataları, benden sonrakilerde yapmayacak olman. Buna sevinmeli mi yoksa üzülmeli miyim bilmiyorum. Onunla mutluysan, başkalarını mutlu etmek adına ondan da olma. Sen yine de sen ol, kimseyi sensizlikle cezalandırma.

Merhaba dönmeyenim...

Hep kötüyüm, "Nasılsın?" diye soran sen olmadıkça... Ve sen artık hiç konuşmuyorsun. Kelimelerinle yaralayıp, kırıp döktüğünden beri dilin lal. Nerede görülmüş sessizliğin kelimeleri onardığı? Sen konuşunca kadehler sarhoş olurdu dudaklarından. İki göz dolusu gülerdin. Ve sessizce giderdin, aşkın saati ayrılığı vurunca... Sensizlikte günler birbirinin taklidi... Beni sürekli dışına iten hayata tutunmaya çalışıyorum. Nefes almıyorum, nefes çalıyorum adeta.

Terk etmekle vazgeçmek aynı şey değildir katilim. Gitmiş olsan da vazgeçmediğini biliyorum. Ya da öyle olmasını istiyorum... Dönsen, o kadar hazırım ki affetmeye... Zaten, senin kurduğunu bildiğim tuzaklara bilerek düşmüştüm ben.

Beni asıl üzen, yokluğunda hayatımda güzel olan hiçbir şeye sevinemeyecek olman... Olsan sevinir miydin gerçekten? Senden sonra ne kadar güzel olacaksa her şey işte... Sana diye başlanan tüm yollar yokluğuna çıkıyor. Senin gibi değil yokluğun, yanımdan hiç ayrılmıyor. Olmasan bile o kadar çok seviyorum ki seni, günahlarının bile bana yazılmasını diliyorum. Hatırlıyor musun, bir gün bana sormuştun: "Hep mutlusun" demiştin. "Bir gün seni terk edeceğimi düşünmüyor musun?" Ah katilim, onu düşünseydim mutlu olabilir miydim?

Göğsündeki yâr ağrısıyla aldığın her nefesi geri vermek, hayatla ödeşmek değildir. Aşkın zor olduğunu bilmekle aşk kolaylaşmıyor. Bu yaşanmışlıkla neyin bedelini ödediğimi inan bilmiyorum. Ben bunlara dayanabilecek kadar güçlü hiç olmadım. Uçurtma değilim ki rüzgâr şiddetlendikçe yükseleyim... Ancak kendime katlanabildiğim kadar sabrım var benim. Varlığıma sebepler bulmak ne kadar zormuş yokluğunda...

Geçmiş, artık yalnızca hatırda kalan bir şeye dönüşmüşse gerçekten geçmiştir. Ben her gün geleceğin ihtimaline uyanıyorum. Ben hâlâ geçmişte yaşıyorum. Bir gün gelecek diyorum. Ve biliyorum, bir gün gelir o gün gelmez! Bıktım artık yabancı gözlerde umutsuzca bir tanıdık aramaktan. Dön artık katilim! Hayat beni sensizken çok eziyor; kime başlasam seninle bitiyor, kimi bitirsem sana benziyor. Gel hadi, senin dilinden dökülünce ölüm bile güzel oluyor. Duvarları sen sayıp konuşmanın yalnızlığından çekip al beni. Tek tesellim; neyse ki sensizliğim hâlâ benim... Dön artık katilim...

Merhaba bekletenim...

Bazı yalanlar vardır, söyleyeni üzse de duyanı mutlu eder. Gidenlerin son iyiliğidir bu kaybedenlere. Kalan, gideni dönecek zanneder o yalanla. Ne giden gelir, ne kalan vazgeçer beklemekten. Sen hangi aşkın yalanıydın ki bu kadar düşüncesiz gittin be katilim? İntihar süsü verilmiş bir cinayet gibi ortada kalakaldım. Neyin cezasıydı bu, anlamadım. Sandığın kadar güçsüz değildim. Bir yalanı daha kaldırabilirdim. "Bekle" dedin ve gittin. Ne kadar bekleyebilirdim? Sanırım senin dünyanda hayat çok uzun. Sana yazdığım ve yazarken kendimden bile sakındığım o uzun cümlelerimi, kısacık bir "Bekle"yle alıp gittin. Bak, sana yazdıklarımı şimdi başkaları ezberliyor şiir diye...

"Bu acı bitmez" derken, yanılmayı ne çok isterdim. Çok geçmeden haberin de geldi zaten. Yüzüme söyleyemediğini bir mektuba yazdın. "Kalsam alışacaktın, gittim âşık kaldın" dedin. Aşka ödediğim bedellere ucuz kaçmış bu karşılık be katilim! Seni benden kim aldı bu denli çabuk? Beni kimin için terk ettin katilim? Yine de içimde bir his var döneceğine dair. Bunu iyi biliyorum. Bilmediğim şey; o dönüşün benim çağrımla mı, yoksa uğruma terk ettiğin kişinin vedasıyla mı olacağı... Söyle! Gelişin kimin git'inden ötürü olacak? Unutma katilim, geç yağan yağmurlar, hayat vermez kurumuş çiçeklere.

Senden önce hiç âşık olmamıştım. Neresinden tanıyabilirdim bu acıyı? Keşke gitmeseydin. Sensiz ağlamaktansa, seninle ağlamayı tercih ederdim. Beni basitleştirecek sahte ve ucuz mutluluklar yerine, onurumu büyütecek gerçek acıları tercih ederdim. Ah katilim! Kalbin içinde bir sevgi varsa, işte o zaman o kalp bir yüreğe dönüşür. Yine de inanmak istiyorum kalp yerine taş taşımadığına. Belki seni affetmem bir kez daha... Belki yeniden sevebilirim seni unutturacak her şeyi... Ama yine de saklardım hatıranı. Bıraktığın elimi kendim bile tutmazdım kendimle aldatırım diye seni. Sen yine de gel gir kalbime gönlünce, göğsüme koymadığın başın dara düşünce... Böyle yaparak, (insanlık yine bende kalsın diye) kaçışı olan ama kurtuluşu olmayan bir özgürlük veriyorum sana.

En çok geçip gidenler üzdü beni be katilim. Sen de içimdeydin ve geçip gittin. Böyle olacağına adım gibi emindim. Keşke içimden geçenler hiç geçmeseydi. Neyse ki her şeyin farkındaydım. Dünya, mutsuzluğunun bile farkında olmayan insanlarla dolu. Ya ben de onlardan olsaydım? Şükür halime. Ölümden bile korkmuyorum artık. Çünkü ölüm bir kez, ölüm korkusu her gün öldürür insanı. İşte bu yüzden acıyorum sana. Öl be sevgilim, ne olacak, korkma! Çünkü böyle yaşayarak her gün intihar ediyorsun.

Gerçek yalnızlık, kendi içinde "Yalnızlık zor değil, hepsi geçecek" diyecek bir başka sen'i bile yaşatamamaktır. Hayat bana bunu da öğretti. Ama sen hâlâ cahilsin katilim. İtiraf etmeliyim ki ben de kandırmıştım seni; bana olan sadakatine inanmış gibi yaparak ve buna hiç inanmayarak... Birileri yine gelecek, seni hayallerinden edecek. Sen yine büyük hayallerini küçük zevklere tercih ederek keseceksin cezanı. Sonuçta sen olacaksın ölen, öldüren... Ardından yine ben ağlayacağım, sana bunları yapanlara lanet ederek.

Unutma! Katilini sevenler öldürüldüğünde dahi onları affeder. Tek affetmedikleri, katillerinin katilleridir. Ve sana son bir tavsiye: Mutluluğunda seninle olanları değil, ağladığında sana sarılanları seç. Bak onlar hâlâ benim yanımda. Unuttum kimlerle güldüğümü, birlikte ağladıklarım aklımda...

Merhaba kalbimi kanatanım...

İçimizdeki boşluğa tam olarak oturup, o boşluğu doldurunca birileri, aşk sanıyorduk bunu. Ben de o zamanlar öyle sanmıştım katilim... Üstüne üstlük, aşka üstün gelecek yanlarım olduğuna inanan saf bir çocuktum sanki. Sense gerçekleri gerçekliğinden utandıracak kadar gerçek gibiydin. Ve bilmeden beni keşfetmiştin. Aslında, keşfedilmiş her şey, elde edilebilmiş sayılmazdı. Neyi keşfettiğini iyi bilen, onu elde etmiş olur. Ki bu dünyada elde ettiği halde keşfedememiş nice insanlar vardı. Sen de onlardan biriydin. Sahip olduğun şeyi tanımıyordun. Sadece sahiptin. Kolayca alıvermiştin dünyana. Tanımaya çalışmak zahmetti. Gelmiştim işte sana sorgusuzca. Kendimle getirdiklerimi de teslim etmiştim. Ben seni geçmişimde yaşadığım aşkların ustalığıyla değil, geride bıraktığım o aşkları silercesine sevdim.

Öyle kuralsızdın ki; herkes istediğini yaparken, sen yapamadıklarını istiyordun. Ortalama aşkların efendisiydin. Sen ki gitmek için yaratılmıştın ama buram buram sadakat kokuyordun. İnandırıcı gelmeyen doğru sözlerle inandırıcı gelen yalan sözlerin savaşıydı bu. Seni sevdiğim için senin dışında kalan herkesten nefret edebilirdim ama seni sevmek bana her şeyi sevdiriyordu. Bir yalana inanmak istedim.

Denizin dalgasız olması, onun hareketsiz olduğunu göstermez katilim. Diplerdeki devinimi düşün. Belki onun da kederi var ama bir denizin ağladığını kim, nasıl anlayabilir? O, içinde biriktirir içini zehirleyenleri. İşte bu yüzden içimden kendimi kovmak istiyorum. Peşimi bırakmalıyım artık. Biraz senin gibi olmalıyım. Düşünmeden yaşamalıyım ya da ne yaşadığımı anlamamalıyım... Ayrılığa bu kadar dayanabiliyorsan, ne yaşadığını bilmediğindendir, görmediğindendir. "Dayanabileceklerin sadece görmediklerindir."

Bundan sonrası neden daha trajik, biliyor musun? Elbet birileri girecek hayatıma. Elbet birileri gelip beni sevdiğini söyleyecek senden sonra... Ama ben buna ne kadar inanabileceğim? İnancımı kaybetmek, seni kaybetmekten daha acı. Şimdi sessizliğimi yazıyorum ve büyüyor kelimeler. Ama sen konuşunca ne kadar da küçülüyordu o büyük cümleler. Belki de dudaklarındaki güzelliği fark etmemem, onlardan dökülen sözlerdendi. Yaklaşan sessizliğimi hissedebiliyor musun? Hiç sordun mu kendine: Kelimeler susarken ne anlama gelir?

Yılların sürüp gitmesi büyümek değildir katilim. Aç artık gözünü. Böyle eksilerek büyüdüğünü sanmak zordur. Hiç ölmeyecekmiş gibi yaşaman, sana ölümün kurnaz bir oyunudur. Fark etmiyor musun, korkuların o kadar büyük ki sana kendisinden daha büyük tehlikeleri göze aldırıyor. Evet, ben de bir korkağım ve bir korkağın gölgede kalmış cesaretiyle, hayatla arama kalın duvarlar örüyorum. Ölmek için değil, daha güzel ölmek için... Çirkin yaşayanlar güzel ölemez. Hayatsa ne ölür ne de ölenleri umurunda taşır. Asıl ölen, ölenlerin geride bıraktığı hayatlardır. Bu da iyi insanların kötü kaderidir...

Belki de aşkımıza layık olanlar, onu hiç elde etmeye çalışmamış olanlardır. Hak ettiğimiz şeyler bir yerlerde saklanıyordur belki de... İnsan vazgeçmemeli aramaktan. Vazgeçip yarı yoldan dönenler, başaramadıklarını bile göremezler.

Bazen koynunda gizlediği bir çift kuyu için katlanır insan bunca çöle, bunca susuzluğa, bunca kaybolmuşluğa. Sen hikâyeni bitirdiğini söylerken bile hâlâ kendi hikâyeni anlatıyorsun. Hikâyeni anlatıyorsan, hâlâ bitmemiş demektir.

Unutmak hafızanın soluk almasıdır. Unut beni! Hem de gelişigüzel unut beni. Üstümde bile durma. Ayrıntılara takılma. Ayrıntılara takılırsan, bana geri getirir seni. Yeniden unutmak için başkalarını da kirletme. Beni unutmak için seviştiklerin, kim bilir kimleri unutmak için senin kollarındadırlar?

Gidişine değil, yalnızlığımla aramda oluşan dostluğun bozulmasına kahrediyorum. Şimdi hangi yüzle döneceğim ona? Aşk, verdiğini geri almamaktır katilim. Gerçek aşksa yaşadığın, kendini vereceksin. Bu yüzden gerçek sevenler hep eksik giderler. Tecrübenin işe yaramadığı tek yer aşkmış, anladım. Sen beni giderek, ben seni severek eziyorum. Nerende bir acı varsa yaran oradan kanar katilim. Kalbim kanıyor. Aşkı böyle kirletenleri temizlemek gerekiyor.

Merhaba diyemediğim...

Kelimelerinle ruhumda açtığın yarayı, aynı ağızdan çıkan sözlerinle nasıl iyileştireceksin katilim? Sargı bildiğim, sığınağım şiirlerin de artık beni değil, başkalarını sarıyor. Hayata bile bağlanmamıştım sana bağlandığım kadar. Şimdi öyle yalnızım ki... Bana gözlerini kapatarak bak. Eğer yüzümü görüyorsan, karanlıkta kaybolmuşluğumun sebebini de anlayacaksın. Sensiz yürümek çok zor bu zifiride ama yine de güçlü ve ayakta olmak zorundayım. Karanlıkta çaldığım ıslık değil beni bu yolda yürüten; o ıslığın korkularımı yatıştırması...

Geleceğin anahtarı zamandır katilim. Su gibi akıp geçiyor, sen anlamıyorsun. Sabır lazım diyor şarkılar. Şarkılara sığınıyorsun. Zor geçiyor günler, geçmeyenlerin çok olunca... Ancak başkalarının hikâyelerinde unutuyorsun kendini ve başkalarının hikâyelerinde hatırlıyorsun yeniden. İnsan böyle kaç kerede azalır? Ve nasıl yanar tükenmişliğiyle? Gökyüzüne bakarken bile yıldızların en parlak olanını arıyor insanlar. Ben gözleri önünde yanıyorum, görmüyorlar. Bir acı gibi çekilirken içime, yokluğuma üzülüyorlar, yokluğumun sebebinin sen olduğunu bilmiyorlar.

Peki, kimdin sen, herkes sen olmaya çalışırken? Neydi herkesin sende gördüğü ama benden hep esirgenen? Ben seni avuç-

larımda beslerdim, sen bir kor gibi ellerimi delmeseydin. Bir yangına inanmakmış seni sevmek, alevlerini kimsenin göremediği... İçi beni yaktı, dışı hiç kimseyi...

Bu dünyadaki en büyük mutluluk sensin. Ama yalnızca bu dünyada... Ömrümün geri kalanı senindir. Ömrümden geriye ne kaldıysa... Bana baktığında göremediğin ne varsa, senin eserin. Bunun hesabını Allah'a nasıl vereceksin? Senden sonra ben de çok yanlışlar yaptım. Senden izler taşıyan insanları hayatıma aldım. Hepsini içimde topladım, tümünün toplamı bir sen etmedi. Bir şey olmak için mücadele etmiyorum, yanlış anlama... Amacım hiçbir şey olmamak.

Hatırlar mısın katilim, yoluna çıkmıştım bir gün? Amacım kendimi acındırmak değil, sana bir şeyler söylemekti. Eğer ağlamasaydım, sana "Ufak tefek eksiklerimi ve hatalarımı hoş gör. Bunların sebeplerini bana sorarak kendi eksiklerine cevap arama" diyecektim. Eğer ağlamasaydım, aşkın geciktiğini ya da erken geldiğini yaşanamayanların belirlediğini söyleyecektim. "Savaşır gibi seversen, beni ben olarak değil, bir ganimet olarak görürsün" diyecektim. Ama ağladım, diyemedim. Ve o gün halime bakıp üzüldüğün için seni asla affetmeyeceğim. Ah! Katilim...

GİTTİN!

Bak, bir masal nasıl sığıyor bir kelimeye...

Merhaba gelmemesi gerekenim...

Bende kendi yaralarını gördüğün için mi sevdin katilim? Yoksa ben mi yanlış anladım? Beni anlamadığını anladığımda da yanlış anlamış olmayı ne çok isterdim. Her şeyi ne kadar da geç fark ediyoruz hayatta. Hayat bizden sakladıklarını kime gösteriyor anlamıyorum. Bir uçurumdan el ele düşmek, bir aşkın sonunu değil başını anlatırmış, anlamadık. Gelecek dediğimiz şey, bugün olmayı bekleyen yarınlarmış; her şeyini geçmişe gömenler gelecekten bir şey bekleme hakkını da yitirirlermiş... Bunların hepsini çok geç anladık.

Ben eskiden bu kadar isyankâr değildim katilim! İçim ezilirdi de "Neden?" demezdim. Kahrımdan yanardım da inlemezdim. İnsan yaşlandıkça daha da çocuklaşıyor. Biri kalbini kırsa, oyuncakları kırılmış gibi oluyor. Eskiden böyle midin ben? Yabancılar içinde bile yabancılık çekmeyecek kadar güçlüydüm. Belki aşkı öğrenemedim ama aşk bana kendisine rağmen nasıl ayakta kalınabileceğini gösterdi. Ya sen? Aşkın tüm zorluklarını benim omuzlarıma yüklemen, aşkı bilmediğini bana gösterdi. Benim bunu kabul etmemse aşk içindi.

Ah katilim! Ne kadar geç geldi değil mi mutluluk? O kadar çok acı çektim ki, "Mutluyum" demeye korkuyorum. Ama şunu artık çok iyi biliyorum: Mutluluk acılardan önce yaşanmışsa, tadında eksik bir şeyler var demektir. Rabbim bizi kolay elde edilen mutluluklardan korusun. Aşk için hiçbir şey yapmayanlar, ne yapamayacaklarını bile öğrenemezler katilim. Tam da seni özetliyor bu söz. Kötü bir âşıktın sen. Yine de bir tesellim var; iyiler sevdiği zaman koşarak gelirler, seni kendilerine alıştırırlar. Bir parçan hep onlarda kalır. Sonra giderler ve senin kendilerinde kalan yanlarını da beraberlerinde götürürler. Kötüler bu konuda daha dürüsttürler, severler ama gelmeden giderler ve hiçbir yanını götürmezler.

Çiçeğe güzelliğini veren köküdür katilim. O sevdiğin renkleri, kökünden alır onlar. Ama bir çiçeği severken kökü aklımıza bile gelmez. Ve hiç kimse çiçeklerin köklerini sevmez. Aşkta da bu böyle... Sadece yapraklarımda kalmamalıydın, köklerime de inmeliydin, onları da sevmeliydin. Çirkin olsalar bile beni ben yapan onlardı çünkü. Keşke yapraklarımı öperken, köklerimi de sulasaydın. Böyle sararıp solmazdım.

Şimdi öyle uzağız ki birbirimizden, biliyorum zamanla bizi ayrılığa düşüren sebepler unutulacak. Bende eksik gördüklerin, güzel gördüklerinin gölgesinde kalacak. Sen yine de eksik yanlarımı silerek hatırlama beni. Özleyeceksen hatalarımla, eksiklerimle birlikte özle. Onlar değil miydi zaten severken göz ardı ettiğin, giderken bir bıçak gibi bana çektiğin.

Ölürken aklımda kalacak olan son kişiyi hep merak ederdim katilim... Ve kimin aklında bu denli kalabileceğimi... Hayat, bunun cevabını bana vermedi. Öyle uzaklaştım ki her şeyden, kimse bilmiyordu nereye, kimlere gittiğimi ama herkes hissediyordu sadece sende kaldığımı. Bu son mektup katilim. Artık yazmayacağım. Kendimi bulabileceğim ama seni de kaybetmeyeceğim bir yere gidiyorum. Öyle uzak ki orası, gidişi var, dönüşü yok. Bir gün seni çok özleyip çağırsam da yanıma, gelmemelisin katilim, gelmemelisin. Bir yara, başka bir yarayı iyileştiremez. Bunu bilmelisin ve gelmemelisin.

Ben seni çok sevdim... Elveda katilim...

HAYATIN KIYISIZLIĞI

BUMİN

GÜRCİSTAN (1905)

Osmanlı- Rus savaşının ardından, tekrar Rusların eline geçen Batum'dan, orada yaşayan Müslümanların yeniden kendi topraklarına, yani Türkiye'ye göçü başlamıştı. Savaşın acılarıyla başlayan bu yolculuk, Karadeniz'in kıyılarında sonlanmak üzereydi. Müslümanların bu zorlu göçü, yağmurlu bir coğrafyada, ellerinde hayvan derilerinden yapmış oldukları şemsiyeler, ayaklarında parçalanmış çarıklar ve boş midelerle Ordu'ya kadar sürdü. Sonunda, Osmanlı Devleti'nin onlara gösterdiği topraklara vardılar.

Yüzündeki sert ifade nedeniyle herkesin biraz korktuğu ama aynı zamanda çok büyük saygı duyduğu Dursun Efendi, şemsiyesini toprağa batırmaya çalıştı. Ama sert toprak direndi buna. "Buralar verimli topraklar değil, yukarılara doğru ilerleyelim" dedi karısına. İlerlediler. Sarp dağların yamacından, yükseklere çıktılar. Bir düzlükte "Dur" dedi eşine Dursun Efendi. Şemsiyesini toprağın bağrına batırdı tekrar. Bu kez direnmedi yumuşak toprak. "İşte burası verimli... Yeni yurdumuz burasıdır" dedi. Kuruldular o topraklara...

İşte bugün, Ordu'nun Perşembe ilçesine bağlı Selimiye

köyü, Batum'dan göç eden bu Müslüman muhacirler tarafından, Kurşunçal(ı) adıyla kurulmuştur. Verimli olmasına rağmen, sarp arazisi ekin için elverişli olmadığından, oraya göçenler büyük zorluklar yaşadılar. Patates ve armuttan başka hiçbir şey yiyemediler yıllarca. Dursun ailesininse bir keçileri oldu tam 4 mevsimin ardından. O keçi süt verdikçe, biraz daha bolluk oldu giderek fakirleşen sofralarında. Hayatta olmakla yaşamak aynı şey değildi belki ama... Yine de tüm kökleriyle bir yerlere bağlı kalması gerekiyordu insanların. İster çorak topraklar olsun bunlar, ister verimli... Yıllar yılları kovaladı böylece ve takvimler 1912 yılını gösterdiğinde, ilk çocukları geldi dünyaya. Dursun Efendi, Anşa koydu kızının adını. Yoksulluk içinde büyüyecekti Anşa.

ANKARA (29 EKİM 1929)

Gazi Mustafa Kemal Paşa, Ankara Palas'taki kostümlü cumhuriyet balosundan çıkarken, yanına yaklaşan yaveri kulağına bir şeyler fısıldamak ister. "Söyle çocuk!" der paşa, huzur veren bir tavırla. Yaver, ivedilikle anlatmaya başlar. "Avukat, Arif Hikmet Yamanoğlu ile yavuklusu Hikmet Hanım geldiler. Sizinle görüşmek istidadındalar paşam." İsimleri duyar duymaz yüzünde bir gülümseme belirir Atatürk'ün. "Hemen buyursunlar" der. Birkaç dakika sonra, Avukat Arif Hikmet ve Hikmet Hanım, yanına gelirler Mustafa Kemal'in. Kısa bir konuşmadan sonra müjdeli haberi verir Atatürk. "Namüsait hiçbir durum yoktur. Hazırlıkların başlaması için emir verdim. Bir haftaya kadar evlilik akdiniz tamamlanacak." İkisinin de yüzünde mutlu bir tebessüm oluşur. Defalarca teşekkür ederek ayrılırlar paşanın huzurundan. Sonunda onlar da Atatürk'ün evlendireceği onlarca çiftten biri olacaklardır. Mustafa Kemal Atatürk, yanlarından ayrılmadan önce seslenir: "Size vasiyetimdir; ilk çocuğunuz erkek olursa, adını Bumin koyun."

Paşa, kendi elleriyle evlendirir onları. Aylar sonra bir erkek çocukları dünyaya gelir Yamanoğlu çiftinin. Hem de gürbüz bir erkek çocuğu. Atatürk'ün isteğini yerine getirerek, Göktürk Devleti'nin kurucusunun adını verirler çocuklarına. Bumin koyarlar adını.

ORDU, KURŞUNÇAL KÖYÜ (1930)

Zorluklarla büyüdü Anşa. Güzel bir kız oldu. On sekiz yaşına geldiğinde ise kuma olarak gönderildi, aşağı köyde yaşayan Şükrü Efendi'nin hanesine. Hiç zoruna gitmedi kumalık Anşa'nın. Çünkü çok sevdi Şükrü'yü... Yıllar yılları kovaladı. Tam dokuz çocuk dünyaya getirdi Anşa. İlk çocuğu, 1945 yılının 2 Şubat'ında soğuk bir gecede geldi dünyaya. Zor bir doğum oldu. İlkel şartlarda ve sıhhi olmayan bir ortamda gözlerini açtı bebek. Güzeller güzeli bir kız çocuğuydu. Babası, "Emine olsun adı" dedi. Emine oldu. Sağ gözkapağının üzerinde minik bir ben vardı Emine'nin... Yüzündeki masum güzelliğe ayrı bir güzellik katıyordu o ben. Biraz zayıf doğmuştu Emine ama çabuk toparladı kendini. Belli ki tüm sessizliğine rağmen, dirençli olacaktı hayata karşı. Öyle de oldu zaten... Çok sessiz bir çocuktu. Arada bir karnı acıkmasa, kimse varlığından haberdar olmayacaktı. Büyüdü Emine. 1956 yılına gelindiğinde 11 yaşındaydı tamı tamına... Ve başına geleceklerden habersizdi.

***

Yamaçtaki evlerinin biraz berisinde yaşayan Osman adında bir adam vardı. Ailesi İstanbul'daydı Osman'ın. Kendisi, yalnızca fındık mevsimi gelirdi köye. Bakışlarında bir tuhaflık var bu adamın. Yüzü karanlık bir adam...

O gün Emine, komşularla birlikte çarşıya indi. Perşembe'nin çok da kalabalık olmayan çarşısında alışveriş yaptılar hep birlikte. Tam dönecekken, filelerden birini, biraz önce alışveriş yaptıkları dükkânda unuttuklarını fark ettiler. "Şu köşede bekle bizi, biz fileyi alıp geliyoruz hemen" dediler Emine'ye... Elindekilerle bir köşede kadınları beklemeye başladı Emine.

Onları uzaktan takip eden biri vardı. Karanlık yüzlü Osman'dı bu. Külüstür bir arabanın içinde, kafasından geçen hain planları gerçekleştirmek için, pusuya yatmış bir yılan gibi bekliyordu. İstediği fırsat karşısına çıkmıştı sonunda. Emine, tek başınaydı. Aracıyla yaklaştı Emine'nin beklediği köşeye. Her şeyden habersiz Emine, Osman'ı görünce, "Aa... Merhaba Osman Amca" dedi sevinçle. Osman, Emine'ye arabaya binmesini söyledi. "Ama komşular gelmedi daha" dedi çocuk saflığıyla. Osman, yüzündeki ciddiyeti hiç bozmadan, "Biraz ilerde bekliyorlar. Beni onlar yolladı zaten" dedi. "Tamam o zaman" diyerek bindi araca. Yola koyuldular. Çok hızlı gidiyordu Osman. Bir şeyden kaçıyordu sanki. Hiç durmadı yol boyunca. Komşular falan da yoktu ortada. Yine de kötü düşünmek istemiyordu Emine. Sessizce yolu seyrediyordu. Onu, hiç bilmediği bir yere götürdü Osman. Arabayı durdurdu ve "İn aşağı!" dedi sertçe. Emine, tedirgin ve ürkek adımlarla indi aşağı. Kötü bir şeyler olduğunu sezinliyordu artık. "Burası neresi Osman Amca?" diye sordu korkuyla. Cevap gelmedi. Sertçe kolundan tutarak, ite-kaka götürmeye başladı zavallı kızı. Neye uğradığını şaşırmıştı Emine. Hem ağlıyor hem de "Osman Amca nereye götürüyorsun beni? Yapma ne olur" diyordu. Osman çocuğun yalvarışlarını duymuyordu bile. Az ötede metruk bir ev görünüyordu. Evin arkasında, artık içinde hayvan olmayan bir ahır vardı. Emine, ağlamaya ve çığlık atmaya başlamıştı. Ahırın içine zorla soktu onu Osman. Önce ellerini ve ayaklarını, sonra ağzını bağladı. Daha sonra, ahırın orta kısmını ayakta tutan kalın direklerden birinin dibine oturtup, belinden sıkıca bağladı direğe. Kendisi de nefes nefese kalmıştı.

Kapıyı sertçe çekip çıktı. Az ötedeki evin kapısının açılıp kapanma sesi duyuldu sonra. Olup bitenlerden hiçbir şey anlamıyordu Emine. Osman, neden ona böyle bir şey yapıyordu? Burada ne işi vardı? Neler gelecekti başına? Çok korkuyordu Emine. Dışarıda hava kararmaya başlamıştı. Emine, nerede olduğunu bilmiyordu. Neden böyle bir şeye maruz kaldığını düşündü sabaha kadar. Dışarıdan gelen yabani hayvan sesleriyle irkildi. Titreyip durdu küçük bedeni. Aç ve susuz bir şekilde, kendisini tutsak eden iplerden kurtulmak için çırpındı sabaha kadar. Tan ağrırken, yorgun düşüp baygın bir şekilde uykuya daldı. Birkaç dakika sonra, Osman'ın kapıyı sert tekmesiyle açması, onu sıçrattı. Hızlı hareketlerle yanına kadar gelip, ayaklarındaki ipleri çözdü. Saçlarından sürükleye sürükleye dışarı çıkardı. Ahırın yanındaki eve soktu onu. Üstünü başını temizlemesini ve bir şeyler yemesini söyledi. Eski ve terk edilmiş bu evin içinde birkaç parça eşya ve masanın üzerinde duran helva ve ekmekten başka hiçbir şey yoktu. Ağzındaki çaputu çıkartır çıkartmaz çığlık atarak kaçmaya başladı Emine. Fakat elleri bağlıydı ve kapaklanıp yere düştü. Osman, onu yerden kaldırıp sertçe bir tokat attı. Zavallı küçük kız tekrar düştü yere. Dudağının kenarında bir parça kan vardı.

***

Otogara geldiler. Terminaldeki kalabalığın içinde yanına koşup gidebileceği, yardım dileyeceği tanıdık bir yüz arıyordu Emine'nin korkudan büyümüş gözbebekleri... Ama herkes yabancıydı. Osman, kolundaki ceketinin altından Emine'nin kolunu tutuyor, bir yandan da elinde sakladığı bıçağı ona hissettiriyordu. Zorla bindirildiği otobüsün önünde İstanbul yazıyordu. Ama Emine'nin okuma yazması yoktu. Otobüs yavaş yavaş hareket etmeye başladı. Emine, yakınlarını uğurlamaya gelen insanların, otobüse el sallayışlarına hüzünlü ve yaşlı gözlerle baktı. İçinden "Kurtarın beni" diye bağırmak geliyordu. Ama yanındaki cani, elindeki bıçakla onun beline sarılmıştı. Ne bıçağı görüyordu insanlar, ne de onun yardım isteyen gözlerindeki gizli çağrıyı. Yol boyunca hiçbir molada inmediler. Bir ara tuvalete gitmek istedi Emine, "Altına yap" dedi Osman. Arkada oturanların konuşmalarından, İstanbul'a gittiği anlaşılıyordu otobüsün...

Harem'de indiler. Vapura binip karşıya geçtiler. Onları, karşı tarafta Osman'ın karısı ve küçük oğlu karşıladı. Bilmediği bir şehirde, tanımadığı insanların içindeydi. Sürekli ağlıyordu. Bilmediği bir eve götürüldü. Zorla yemek yedirdiler. Onu, bir odaya kapattılar. Günlerce psikolojik baskı gördü. Artık boyun eğmeyi öğrenmişti. Çok düşündü kaçmayı ama bilmediği bu şehirde başına gelebileceklerden korktu. Birkaç gün sonra onu karşısına alıp konuştu Osman. "Yarın iplik fabrikasında işe başlayacaksın. Senin adın artık Songül... Soranlara adım Songül, Osman'ın kızıyım ben diyeceksin. Maaşını alıp doğru bize getireceksin. Kimseyle konuşmayacaksın. Biriyle konuştuğunu görürsem öldürürüm seni." Arka arkaya sıralamıştı bunları. Artık bir köleydi o. Kaçırılmıştı ve çocuk işçi olarak zorla çalıştırılacaktı.

Ertesi gün Osman, karşı komşusunun kızının kimliğini yanına alıp, Emine'nin işe giriş işlemlerini yaptırdı. Küçük kız, ürkek adımlarla girdi devasa fabrikanın içine. Sürekli çalışan kocaman makinelerin yanında küçücük bir çocuk işçiydi o artık. Ustabaşı Ayten'in yanına verdiler onu. Ayten Abla'sı, makineleri nasıl kullanacağını öğretiyordu ona. Hiç konuşmuyordu Emine. Konuşması yasaktı. Küçücük elleriyle, kendisine öğretilen işi yapıyordu sadece. Akşam olunca servise biniyor ve eve dönüyordu. Ay sonu olunca elindeki tüm parayı alıyordu Osman. Emine giderek kimliksizleşiyordu.

Ustabaşı Ayten Abla, zaman zaman bazı sorular soruyordu Emine'ye. Çok merak ediyordu bu içine kapanık, hiç konuşmayan çelimsiz kızı. Neden gizli gizli ağlıyordu? İnsanlardan neden kaçıyor, neden kimseyle iletişim kurmuyordu? Aradığı cevapları hiçbir zaman bulamadı Ayten Abla. Ne zaman bir yakınlık göstermeye kalksa, Emine ürkek bir kuş gibi kendine siniyordu.

***

Küçük kızın esareti dördüncü ayını tamamlarken bir şey oldu. Bir akşam, işten eve geldiğinde, Osman'ın karısının tuhaf bakışlarıyla karşılaştı kapıda. Osman'la bir tartışmaları olmuştu. İçerideki odadan Osman'ın homurtuları duyuluyordu. Birden şiddetli bir kapı çarpmasıyla irkildi Emine. Osman, elinde bir sopayla küçük kızı dövmeye başladı. Rastgele vuruyordu her yerine. Emine, kanlar içinde yere yığıldı. Neden dayak yediğini hiç anlayamadı. Ertesi gün yaraları sarılarak işe gönderildi tekrar. Ustabaşı Ayten Abla'nın gözleri büyüdü Emine'yi o halde görünce. "Kim yaptı bunu sana?" diye bağırdı fabrikanın ortasında. Ve ilk defa konuştu Emine. Korkusunu yendi çaresizliği. Anlattı her şeyi Ayten Abla'sına. Gözü yaşlı dinledi onu kadın. Sarıldı sıska bedenine. "Bu akşam benim evime geleceksin. Seni bir daha göndermem oraya. Yarın da polise gideceğiz" dedi.

Ertesi gün, hışımla çıktı evden Osman. Soluğu Eyüp karakolunda aldı. "Kızım kayıp" dedi polislere. Polisler, civardaki tüm karakollara telgraf çekti. Telgrafı çeken genç ama bir hayli iriyarı olan polis memuru, bir saat sonra elinde bir dosyayla girdi komiserin odasına. Kulağına bir şeyler fısıldadı amirinin. Komiser kaşlarını çatarak, işaretparmağıyla Osman'ı gösterdi ve "Atın bunu nezarete" diye bağırdı. Başka bir karakoldan gelen karşı telgrafla tüm gerçek su yüzüne çıkmıştı. Ayten Abla'sıyla birlikte bir diğer karakolda ifade veren Emine'nin anlattıkları, her şeyi açıklıyordu. Komiserin odasından Osman'la birlikte çıkan genç polis memuru, onu nezarete götürdü. Kapıyı kapatırken de gözlerinin içine öfkeyle bakıp, "Seninle işimiz daha bitmedi!" dedi. Genç polisin gözlerindeki nefret, Osman'ı korkuttu. Osman için yolun sonu gelmişti.

Aradan birkaç saat geçmeden, Ayten Abla'sıyla birlikte Eyüp karakolunun kapısında göründü Emine. Titreyerek girdi içeri. İriyarı genç polis memuru, küçük kızı görür görmez duygulandı. Bir yandan da nezarethanede bekleyen caniye bir an önce haddini bildirmek istiyordu. "Korkma kızım. O pislik artık elimizde... Sana zarar veremeyecek. Sen şimdi onu teşhis edeceksin" dedi ve elinden tutarak nezarethanenin kapısına götürdü küçük kızı. Parmaklıkların arkasından bakarak teşhis etti Osman'ı. O korkunç günleri hatırladı yeniden. Ağlamaya başladı. İriyarı genç polis memuruysa, onu sakinleştirmeye çalışarak "Tamam kızım, korkma. Sen şimdi içeri geç, ben birazdan geliyorum" dedi Emine'ye... Hıçkırıklar içindeki küçük kız, başını "Tamam" anlamında sallayabildi sadece. Ayten Abla'sıyla birlikte karakolun başka bir odasına geçtiler. Genç polis, onlara arkasını döner dönmez küçük kızdan sakladığı ve Osman denen pisliğin üzerine boşaltmak için biriktirdiği nefreti tekrar yerleştirdi gözlerine ve nezarete doğru hızlı adımlarla yürümeye başladı.

***

Mesai saati bittiğinde, yorgun argın evine geldi genç polis. Aklında hâlâ bugün yaşadığı olay vardı. Bir türlü hıncını alamamıştı Osman denen mahluktan. Evin kapısını çaldı. Genç ve güzel karısı açtı kapıyı. Gülen yüzüyle "Hoş geldin Bumin" dedi. İsteksizce "Hoş bulduk Samia" diye karşılık verdi Bumin. Karısı, üç yıllık evlilikleri boyunca, hiç bu kadar soğuk görmemişti onu. "Neyin var Bumin?" diye sordu telaşla. "Bir şeyim yok karıcığım" dedi. Salona geçip koltuğa oturdu. Gözleri dalgındı. Samia da yanına oturdu. Sımsıkı sarıldı kocasına. "Biliyorum. Üç yıldır sana bir çocuk veremedim. Bu yüzden bu kadar kederlisin. Ben de çok müteessirim. Lakin elimden hiçbir şey gelmiyor. İstersen ayrılalım. Sana çocuk verebilecek başka biriyle izdivaç yap" dedi. Bunları söylerken ağlıyordu Samia. Karısının ellerinden tuttu ve ona sımsıkı sarıldı Bumin. "Hayır Samia. Seni bırakmam. Olmazsa olmasın çocuğumuz. Bir ehemmiyeti yok. Belki fevkalade bir yaşantımız olmaz ama yine de mesut ve bahtiyar bir hayat sürebiliriz pekâlâ." Gözleri yerdeki halının saçaklarına daldı Samia'nın. Mırıldanır gibi konuşmaya başladı: "Bunları ben üzülmeyeyim diye söylüyorsun, biliyorum. Evlat hasretiyle yanıp tutuştuğunun farkındayım. Geceleri rüyalarında, gündüzleri hülyalarında hep bir çocuk hasreti var. Ve ben sana hayattaki tek özlemini veremiyorum. Bu nasıl bir acıdır bilir misin?" Gözleri dolmuştu Bumin'in. Hiçbir şey söylemedi. Zaten ne söyleyebilirdi ki? İçindeki dinmez özlemi, kederli sesiyle anlatmıştı karısı. Artık söylenebilecek her şey eksik kalacaktı.

Samia, ağlama krizine tutuldu birden. Her yeri sarsılıyor, gözlerinden yaşlar dökülüyordu. Bumin, önce ne yapacağını bilemedi. Kısa bir şaşkınlığın ardından, eşini kollarından sarsarak, "Beni bir dakika dinler misin Samia" dedi. Bu hareket, eşini kendine getirmişti. İçin için ağlıyor ve eşinin gözlerine bakıyordu şimdi. "Bir evlatlık ediniriz" diye söze başladı Bumin. Eksik olanın yerine o eksiği tamamlamasa da boşluğu doldurabilecek bir çareydi bu. Birbirlerine sarıldılar. "Tamam" dedi Samia.

Ertesi gün yine karakolda işinin başındaydı Bumin. Bir memur, elindeki dosyalarla odaya girdi. "Dün gelen küçük kızla, onu getiren abla burada... Kızı ailesine teslim edeceğiz. Onlara ulaştık. Babası yola çıktı. Yarın burada olacak." Bu sırada kapı aralığından, gözaltlarındaki morlukların hâlâ belirgin bir şekilde durduğu küçük Emine'yi gördü Bumin. Birden zihninde şimşekler çaktı. "Hayır!" dedi masasından kalkarak.

"Böylesi sorumsuz bir aileye bu masum yavrucağı teslim etmeyeceğiz!" diye söylendi. "Bu kız artık benim himayemde olacak."

Küçük Emine'nin yanına gitti Bumin. Diz çöktü önünde. "Seni güzel bir gelecek bekliyor kızım" diyerek gülümsedi. Emine, hiçbir şey anlamadı. Bumin yavaşça ayağa kalktı ve Ayten'e dönerek, "Siz şimdi bu kızı alın ve yine kendi evinize götürün. Yarın sabah erkenden tekrar buraya getirirsiniz" dedi. Ağır adımlarla çıktılar karakoldan. Bumin'in dudaklarından belli belirsiz bir mırıltı duyuldu: "Kızım."

***

Bir sonraki gün, Emine'nin babası Şükrü Efendi Ordu'dan gelmiş ve soluğu karakolda almıştı. Aylar sonra ilk defa görüyordu kızını. Sarılmadı ona. Eski insanlar çocuklarına olan sevgisini sarılarak göstermezdi. Bumin odasına aldı Şükrü Efendi'yi. İki çay söyledi. Konuşmaya başladılar.

- Hoş geldin Şükrü Amca.
- Hoş bulduk yeğenim.
- Öncelikle geçmiş olsun.
- Sağ olasın.
- Yolculuk nasıl geçti?
- İyiydi çok şükür.
- Şimdi kızının başına kötü bir şey gelmemiş çok şükür. Yani öyle düşündüğün gibi kötü bir şey gelmemiş. Yoksa onun bu küçücük yaşta kaçırılması elbette kötü bir olay.

- Allah korumuş.
- Allah korumuş korumasına da siz de biraz sahip çıkaydınız be amcacığım. Neden arayıp sormadınız?
- Bilemedik biz memur bey. Evden kaçtı sandık.
- Hiç o yaşta bir kız çocuğu evden kaçar mı be amca? Neyse, şimdi sana diyeceklerimi iyi dinle. Gel sen vazgeç, bu kızı köye götürme. Şehirde büyüsün
- Ne diyorsun sen beyim?
- Bak şimdi ben üç yıllık evliyim. Çocuğumuz olmuyor bizim. Eşim de, ben de çok çocuk istiyoruz. Sen çocuğu bizim himayemize ver. Ben onu okutur, yetiştirir, evlendiririm.
- Hiç olur mu öyle şey beyim. Vermem ben kızımı!
- Bu zamana kadar aramadın sormadın da şimdi mi kıymete bindi kızın! Hem bakmasını bilmiyorsun, hem de bakabileceklere mani oluyorsun.
- Ben ona bakarım. Benimle gelecek.
- Bak amca; biraz gerçekleri gör. Şimdi bu kız kaçırıldı mı? Kaçırıldı. Aylardır ortada yok mu? Yok. Sen aylar sonra bu kızı alıp köye götürürsen, köydekiler ne düşünür sence?
- İyi düşünmez.
- Hah! Ben de onu demeye çalışıyorum Şükrü Efendi. Köy küçük yer. Dedikodu başlar. Sonra önünü alamazsın o söylentilerin. Kimse de evlenmez kızınla.
- Doğru diyorsun.
- Sen kızının başına onu utandıracak bir şey gelmediğini istediğin kadar söyle. Kimi inandırabilirsin? Onu kaçı-

ran şimdi hapiste... Yarın bir gün hapisten çıkıp, intikam almamak için geri dönmeyeceği ne malum?

- Haklısın beyim.
- Ama bak burada kızın için iyi bir istikbal sağlayacak insanlar var. Ben Emine'yi kızım belledim. Çok sevdim onu. Üç yıldır içimde yanıp duran çocuk hasretimi bir nebze dindirdi onun masumiyeti. Polisim ben. Onu benden iyi kimse koruyamaz. Gözün arkada kalmasın senin. Eşim ve ben ona en iyi şekilde bakarız.
- Bilemem ki ne desem?
- Sen "Razıyım" de yeter, Şükrü Efendi. Gerisini ben hallederim.
- Peki evladım. Sen bilirsin.

***

Kaderi değişmişti artık Emine'nin. Yeni bir hayat başlıyordu onun için. Bumin'in, Şükrü Efendi'yle konuşmasından birkaç gün sonra, Emine yeni evine yerleşmişti. Kendisine ait bir odası, dolabı, yatağı vardı artık. Bumin ve Samia, ona birkaç parça yeni giyecek ve oyuncak almıştı. Bumin'in görev yaptığı karakola çok yakın olan yeni evinde mutluydu Emine. Kötü günler geride kalmıştı. Aylar sonra ilk defa yüzü gülüyordu Emine'nin. Artık o, Bumin ve Samia Yamanoğlu çiftinin himayesi altındaydı. İlk işleri, Emine'ye okuma yazma öğretmek oldu. Çok hızlı öğreniyordu küçük kız. İki ay olmuştu bu eve geleli. Gündüz okuma yazma dersleri, akşamüstü Samia Hanım'la birlikte yemek hazırlıkları. Gece ise radyo dinlemekle geçiyordu. Bazı günler hep birlikte gidilen gezintilerde herkese "Kızımız" diye tanıtılıyordu küçük Emine. Hayatında ilk defa sinemayı, tiyatroyu onlarla birlikte gördü. Herkes çok mutluydu. Evin biraz köhne ve rutubetli olması dışında hiçbir sıkıntıları yoktu. Hayat şartları giderek zorlaşsa da ay sonunda ellerine geçen polis maaşı, kiraya ve geçime yetiyordu. Ellerinde avuçlarında biriktirebildikleri bir tasarrufları hiç olmadı. Kimse durumundan şikâyetçi değildi. Bumin ve Samia, evlat hasretlerini Emine ile gidermeye çalışıyordu.

***

Bumin'in nöbette olduğu bir gece, birdenbire fenalaştı Samia. Çok korktu Emine. Hemen haber verdi komşulara. Apar topar hastaneye kaldırdılar. Koşuşturmalar içinde kalakaldı Emine. Ve hiçbir şey anlamıyordu olup bitenden... Sonra birden içeri Bumin girdi. "Ne oldu karıma!" diye inletti hastane koridorlarını. Emine, daha önce onu hiç bu kadar kaygılı ve sinirli görmemişti. Çok korktu. Doktorun odasına, hışımla girdi Bumin. Ve beş dakika sonra ağlayarak çıktı. Ama sevinç gözyaşlarıydı bunlar. Karısı hamileydi. Gecenin ilerleyen dakikalarında eve doğru yola çıktılar. Üçü de çok mutluydu. Karısını yatağına yatırdı Bumin ve Emine'ye dönerek, "Sen bizim uğurumuzsun. Bize şans getirdin. Allah sonunda dualarımızı kabul etti. Bir kardeş geliyor sana. Ama sakın unutma Emine; sen bizim her zaman ilk çocuğumuzsun" dedi.

Sonraki günler bir bayram havasında geçti. Doğuma hazırlanan Samia, artık el üstünde tutuluyordu. Bumin, karısının elini sıcak sudan soğuk suya sokturmuyordu. Onun rahat etmesi, yorulmaması için elinden gelen her şeyi yapıyordu. Küçük Emine ise bu mutluluk tablosunun bir köşesinde gülümsüyordu. Samia'nın hamileliği ilerledikçe, yaşadıkları evden ötürü kaygılar duymaya başladı Bumin. Karısının bu günlerini daha konforlu, en azından rutubetli ve bakımsız olmayan bir evde geçirmesini istiyordu. Elinde bir birikimi yoktu. Polis maaşıyla ne yapabilirse hepsini yapıyordu zaten. Rüşvet almayan, dürüst bir polisti. Meslektaşlarından bazıları, onunla aynı dönemde göreve başlamasına rağmen ondan çok daha iyi durumdaydı. Evine hiç haram lokma sokmayan Bumin, eşinin hamile kalmasından sonra kara kara, nasıl daha iyi bir eve taşınabileceğini düşünüyordu. Bu sıkıntılı ruh hali yüzüne yansımış olacak ki, bir gece sordu ona Samia:

- Neyin var Bumin?
- Bu ev çok rutubetli ve eski.
- Ne olmuş öyleyse?
- Benim karım böyle bir evde yaşamamalı. Hele hamileyken hiç...
- Ne yapabiliriz ki Bumin? Elde yok, avuçta yok. Ülkenin durumu malum...
- Daha ferah ve güzel bir ev bulmalıyız.
- İyi ama nasıl?
- Bilmiyorum.

Eşinin bu kederli hali çok üzdü Samia'yı. İri cüsseli bu genç adam, bu haliyle sanki küçüldükçe küçülmüştü. Çaresizlik onu ufaltmıştı sanki. Ağlamamak için kendini zor tutuyordu. Biraz düşündükten sonra bir teklifte bulundu.

- Bak Bumin, eğer kabul edersen sana bir teklifim olacak.
- Nedir karıcığım?
- İstersen babamların yanına taşınalım. Evleri çok geniş... Bize de yeter, onlara da. En azından hamilelik dönemimi orada geçiririz. Sonra istersen taşınırız, ne dersin?

- Bilmem ki...
- Bence çok düşünmemelisin. Eğer niyetinde varsa, yarın konuşurum babamla.
- Bana biraz düşünmem için müsaade ver Samia.
- Tamam Bumin.

Karısı, Bumin için bunun çok zor bir karar olduğunu biliyordu. Çok gururluydu o. Karısının ailesi de olsa, o şekilde yaşamak, sığıntı olmak gibi gelecekti ona. Bunu çok iyi biliyordu Samia. Ama yine de içinden kabul etmesi için dualar ediyordu. Ertesi gün karısına teklifi kabul ettiğini söyledi Bumin. Samia, buna çok sevindi. Hemen hazırlıklara başladılar. Ve üç gün içinde Göztepe, Çiftehavuzlar'daki eve taşındılar. Artık daha kalabalıklardı. Samia'nın annesi ve babası, onlara sıkıntı vermemek adına azami gayret gösteriyordu. Tek amaçları kendilerini evlerinde gibi hissetmeleriydi.

***

Ve beklenen gün gelip çattı. Bumin'in nur topu gibi bir oğlu oldu. Bebek ters geldiği için riskli bir doğum olmuştu. Hatta bir ara Bumin'e "Ya karını ya da çocuğunu seçmek zorundasın" demişlerdi. Bu zor seçimde tercihini eşinden yana kullanmıştı. Fakat neyse ki sonra buna gerek kalmadı ve vakum yöntemiyle doğum gerçekleşti. Yıllardır hasretle beklediği şeydi baba olmak. İçindeki büyük mutluluk, hayatının her alanına yayılıyordu. Artık daha neşeliydi Bumin. Emine, yeni doğan bebeğe ablalık yapıyor, elinden geldiğince her şeyiyle ilgilenmeye çalışıyordu. Aileye yeni katılan üyeyle birlikte, ev biraz daha kalabalıklaşmıştı. Gelen giden çoğalmış, biraz da sıkıntılar başlamıştı. Çok şiddetli olmasa da arada sırada kayınpederiyle münakaşalara giriyordu Bumin. Bu durumun üstesinden gelebilmek için çareler arıyordu. Tek yol, taşınmaktı. Ama bebeğin dünyaya gelmesiyle birlikte ağırlaşan mali yük, buna müsaade edecek gibi değildi. Yine de tüm zorluklara rağmen, başka bir eve taşınmaya karar verdi.

Kadıköy, Rıhtım Caddesi'nde bir oda, bir salon, sobalı bir ev buldu. İlk ayın kirasını denkleştirip hemen taşındılar. Bumin, Samia, Emine ve minik bebek Mert'ten oluşan bu mutlu aile, artık daha bağımsız ama daha zor şartlardaydı.

Bumin, zaman zaman İstanbul'a gelen başbakanı koruyan polisler arasında görev alıyordu. Dönemin başbakanı Adnan Menderes'le sık sık fotoğraflar çektiren Bumin Yamanoğlu, ona olan sevgisini de sık sık dile getiriyordu. Aslında o günler ülke için zor günlerdi. Menderes hükümeti, yaptığı reformlarla dikkat çekerken, ülkeyi dış borca sürüklediği gerekçesiyle ağır biçimde eleştiriliyordu. Giderek zorlaşan hayat şartları, toplumda gerginliğe yol açıyor, üniversiteler kaynıyordu. Bumin genelde üniversitelerdeki olayları bastırmak için görevlendirilen polis ekibi içinde yer alıyordu. Zaman zaman çıkan arbedelerde yaralanıyor, eve kaşı gözü bandajlı geliyordu. Can sıkıcı bu durum, evde bazen gerginliğe yol açıyor. Ufak tefek tartışmalar yaşanıyordu. Samia, kocasının artık bu tehlikeli işi yapmasını istemiyordu. Bu arada Mert, iki yaşına gelmişti. Çocuğun masrafları giderek artarken, yükselen enflasyon yaşamı daha da zorlaştırıyordu. Artık ev kirasını bile zor denkleştiriyorlardı.

***

27-28 NİSAN 1960

28 Nisan 1960 Perşembe sabahı, her şey değişti. Olacakları önceden kimse bilemezdi. O sabah bir tarih yazılacaktı Türkiye'nin sayfasına. Kara bir tarih...

Samia, eşini kapıdan uğurlarken, akşam çocuk maması getirmesi gerektiğini, Mert'in mamasının kalmadığını söylüyordu. Bumin ise buruk bir sesle "Tamam" diyordu. Ama o mamayı hangi parayla alacağını bilmiyordu. Cebinde beş kuruş parası kalmamıştı. Eve sezdirmemeye çalışsa da uzun zamandır bakkaldan borçla erzak alıyordu. Evden çıkıp dalgın dalgın yürümeye başladı. Borcu olduğu bakkalın önünden geçmemek için arka sokağı kullandı. Taşıdığı polis kıyafetiyle böyle bir şey yapmak çok ağırına gidiyordu. Kaldırımda gözleriyle yürüdü. Karakola vardığında, omuzları çökmüş, hayattan hiçbir beklentisi kalmamış insanlar gibiydi adeta. Arkadaşları ondaki bu üzüntünün sebebini sorduklarında "Yok bir şey" diyerek geçiştirdi. Aklında hâlâ akşam eve götürmek istediği mama vardı.

O gün bir hareketlilik vardı karakolda. Bazı üniversitelere acil polis gücü gönderiliyordu. Bumin Yamanoğlu ve Polis Müdürü Zeki Şahin, İstanbul Üniversitesi'ne gönderildi. Zira üniversitede bir grup öğrencinin gösteri hazırlığı içinde olduğu haber verilmişti. Bumin ve Zeki'nin üniversiteye girmesiyle, Türkiye tarihine bir kara leke olarak geçen 27-28 Nisan olayları başlamıştı. Olaylar bir türlü yatışmak bilmedi. Ateş Türkiye'nin her yanını sarıyor ve bir ay sonra gelecek olan askeri darbenin ayak sesleri duyulmaya başlıyordu. Tam bir ay sonra, 27 Mayıs 1960 sabahı, Türkiye Cumhuriyeti ilk darbeyle tanıştı. Askeri darbeden bir gün sonra 28 Mayıs sabahı, Bumin Yamanoğlu, Kadıköy Rıhtım Caddesi'ndeki evinden askerler tarafından alındı. Elleri kelepçelenerek götürüldü. Geride gözü yaşlı bir eş, babasını yıllarca göremeyecek olan bir evlat ve himayesindeki Emine kaldı.

Onlar için asıl zor günler şimdi başlıyordu. Bumin, Davutpaşa kışlasına götürülüp, parmak kelepçesi takılarak, tek kişilik hücreye konmuştu. Bunun sebebi, "Hapse gireceğimi bilseydim, intihar ederdim" şeklinde bir beyanda bulunmasıydı. Onunla birlikte 5 kişi daha alınmış, işkenceler başlamıştı. Adnan Menderes ve kabinesindeki bakanların idamına kadar uzanan kara bir tarihti bu. Samia, defalarca eşini görmek istemesine rağmen kendisine izin verilmemiş, her defasında kışla kapısından uzaklaştırılmıştı. Bumin, Davutpaşa kışlasından, yargılama süreci için Yassıada'ya götürüldü. Basının tüm okları Bumin'in üzerindeydi. Yazmadıklarını bırakmadılar. Yalan yanlış her şey yazılıp çizildi. O yıllarda mahkemeye yazdığı bir mektupta maruz kaldığı ve şahit olduğu işkenceler için şöyle isyan etmişti: "Sizden dayak yiyen ilk ve son tutuklunun ben olduğunu söylüyorsunuz. Yalan! Öbürleri kimlerdir, siz çok iyi biliyorsunuz. Beni defalarca dövdüğünüzü, emniyet kadrosu namı altında adaya gelen ekibe dövdürdüğünüzü, ayaklarımı tüfenge bağlayarak tırnaklarımı söktürdüğünüzü, istediğiniz ifadeyi vermediğim için beni gece yarısı halata bağlayarak denize sallandırdığınızı niye itiraf etmiyorsunuz? Bizim grubumuzu ayrı bir işkence rejimine tabi tuttuğunuzu, dipçik ve yumrukla ve elinizdeki sopanızla dişlerimizi kırdığınızı, mahkemeler başlayana kadar Bizans zamanından kalan zindanlardan çıkarmayıp, orada sular içinde bırakarak çürüttüğünüzü neden yazmıyorsunuz? Işıklı oda rejimi tatbik edilirken kalp hastası olan ve 'Bana vurmayın' diye yalvarıp inleyen rahmetli polis müdürüm Faruk Oktay'ın nerede, nasıl ve ne şekilde öldüğünü niye yazmıyorsunuz? İstanbul milletvekili röntgen mütehassısı Zakar Tanver'in cenazesi morgdan alınırken ailesinin gördüğü morlukların nerede, nasıl olduğunu niye açıklamıyorsunuz?"

Yassıada'daki koşulların iyi olmadığı söylentisi üzerine Düşükler Yassıada'da adında bir film çekilecek ve o görüntülerde şartlar iyiymiş gibi gösterilerek Bumin Yamanoğlu ve tutuklu arkadaşları aşağılanacaktı. Kendisi için "Üniversite gençliğinin amansız celladı Bumin Yamanoğlu" ifadesi kullanılacaktı. Basının da yardımıyla, Adnan Menderes dahil tüm tutuklular vatan haini ve faşist olarak ilan edilmiş, hepsine karşı bir linç hareketi başlamıştı. Fakat olaylar hiç de halka anlatılanlar gibi değildi. Yıllar sonra Üstün Akmen, Bumin Yamanoğlu için şöyle yazacaktı: "Yıllar sonra ben, şair arkadaşlarım Mehrizat Poyraz, Günel Altıntaş, Sennur Sezer liselerde, cezaevlerinde şiir günleri düzenlemeye başlamıştık ki, Bumin Yamanoğlu ile tanıştık... Nasıl kibardı, nasıl sevecendi anlatamam. Bir keresinde cezaevinin bahçesinde futbol maçı yaptığımızı da anımsıyorum. İriyarı bir adamdı ve bizi kırmamak, sakatlamamak için elinden geleni yapıyor, oyun gereği yere düştüğümüzde gelip kaldırıyordu."

***

Samia ve Emine, geçinebilmek ve Mert'i doyurabilmek için çalışmak zorundaydılar. Kapı kapı dolaşıp iş aramaya başladılar. Açılan her kapı yüzlerine kapanıyor, Türkiye'nin o atmosferinde, yarını belli olmayan bir ortamda kimse kimseye iş vermiyordu. Bumin'in yargılanma süreci boyunca ne yapacaklarını, nasıl yaşayacaklarını bilmiyorlardı. Kirayı ödeyemiyor, ev sahibinin baskılarıyla karşı karşıya kalıyorlardı. Ortada çaresiz kalmış bir kadın, küçük bir kız ve bir bebek vardı. Günden güne kötüye giden durumları, onları bunalımın eşiğine kadar getirmişti. Samia, çözüm bulmaya çalışıyordu.

- Ne yapacağımızı bilmiyorum Emine. Durumumuz çok kötü...
- Abla, eğer istersen ben çalışabilirim.
- Küçücük çocuksun sen Emine. Nasıl çalışacaksın?
- İplik fabrikasında çalışıyordum ya abla? Hem artık az çok okuma yazma da biliyorum. Çalışabilirim.
- Hayır, buna izin veremem. Sen bana Bumin'in emanetisin. Başına bir şey gelirse ne yaparım ben?
- Bir şey olmaz abla. İzin ver, çalışayım. Geçici olsa da bir işe gireyim. Hem eve katkım olur biraz.

Samia, bu sorumluluğu almak istemiyordu. Ama diğer yandan da buna mecburdu. Belki Emine'ye güvenli, gözünün önünde olduğu bir iş bulabilirse razı olabilirdi. Aklına birden bir fikir geldi. Evlerinin az ötesinde Zetina dikiş nakış makinelerinin bir kursu vardı. Genç kızlar o kursa yazılarak ücretsiz eğitim alıyorlar ve terzi oluyorlardı. Emine, o kursta dikiş nakış öğrenebilir, evde bu işleri yapıp para kazanabilirdi. Bu düşüncesini Emine ile paylaştı. Hiç düşünmeden kabul etti küçük kız. Bir hafta sonra kursa başladı. Kendisi gibi orada kurs gören birçok genç kız vardı. Onlara nazaran, daha çabuk öğreniyordu Emine. Kurs hocaları bunu fark etti. Biraz daha üzerine düşer oldular Emine'nin. Öğlenleri bir beze sarıp kursa getirdiği kuru ekmek ve kış olmasına rağmen, yazlık ayakkabılarla kursa gelmesi, maddi durumlarının hiç iyi olmadığını gösteriyordu. Bunu fark eden kurs hocası, bir gün onu odasına çağırdı ve yaklaşık beş dakika süren bir konuşma yaptı. Odadan çok mutlu ayrılan Emine, adeta uçarcasına eve koştu.

- Samia Abla, sana bir müjdem var!
- Neymiş bakalım o müjde?
- Bugün kurstaki hoca benimle konuştu. Çok yetenekli olduğumu söyledi.
- Bunu biliyordum. Seninle gurur duyuyorum Emineciğim.

Samia çok gururlandı. Bir an gözleri doldu. Sıkıca sarıldı Emine'ye. Bu sırada içerdeki odadan Mert'in sesi duyuldu. Hemen yanına gitti annesi. Ardından Emine odaya doğru seğirtti. Minik Mert, biraz huysuzdu bugün. Ağlaması geçtikten sonra tekrar içeri geçtiler. Emine, bir şey söylemek ister gibiydi. Ama sanki çekiniyordu Samia Abla'dan. Samia, bir şeyleri fark etmişti:

- Bana söylemek istediğin bir şeyler mi var Emine?
- Şey! Yok abla.
- Emin misin?
- Eminim.
- Hımm! Bana pek öyle gelmedi. Sanki söylemeye çekindiğin bir şeyler var?
- Şeyy... Aslında var...
- Eh hadi söyle o zaman.
- Bilmem ki nasıl söylesem?
- Sen bizim evladımızsın. Bizden bir şey saklıyorsan, haksızlık ediyorsun demektir. Hadi şimdi anlat ne olduğunu.

- Şey... Bugün kurs hocam bir iş teklifinde bulundu.
- Neymiş o? Ben senin çalışmana izin vermem.
- Yok, sandığın gibi bir iş değil abla. Kurs bittikten sonra etrafın kumaş parçalarından temizlenmesi, makinelere tekrar iplik takılması, çay bardaklarının yıkanması gibi işler var. O işleri yapacak birini arıyorlarmış. Eğer kabul edersem, kurstan sonra bu işleri yapıp, eve öyle geleceğim. Onlar da bana haftalık verecekler. Benim de böylece eve katkım olacak. Bumin Baba hapisten çıkana kadar çalışabilirim.

Samia'yı rahatlatmıştı bu açıklama. Emine'nin bu işi yapmasını kabul edecekti ama bir şartı vardı. Kurs bitiminde o da kursa gelecek ve Emine işini bitirene kadar orada bekleyecekti. Ertesi gün kurs hocasına durumu anlattı Emine. Kurs hocası, memnuniyetle kabul etti.

***

Evlerine uzun zamandır et girmese de Emine'nin kurstan aldığı para, haftalık sebze ihtiyaçlarını karşılamaya yetiyordu. O paradan artırılan birkaç kuruşsa, evin giderlerine yetmiyordu. Durumları nispeten daha iyi olan kardeşi Lamia, Samia'ya yardım ediyor, kirayı ödemesine katkıda bulunuyordu. Samia, bir gün yolda teyzesi Cemile ile karşılaştı. Sular idaresinde memur olarak çalışan Cemile, ona yardım etmek istediğini söyleyince, Samia bunu karşılıksız yapmayacağını, en azından haftada bir kez evini temizleme karşılığında bu yardımı kabul edeceğini söyledi. Kendisine bu durum ağır gelse de oğlu Mert'i doyurabilmek için buna mecburdu. Böylece başladı temizliğe gitmeye...

Emine ile birlikte hayata tutunmaya çalışıyorlardı. Ama yine de kira borcunu ödemeye yetmiyordu kazandıkları. Ev sahibi, onlara bir hafta müddet vermişti. Bir hafta sonunda eğer biriken borçlarını ödemezlerse, evden onları polis zoruyla çıkartacaktı. Bir hafta boyunca borç para bulmaya çalıştılar. Olmadı. "Bumin olsaydı ele güne bu kadar muhtaç kalmazdık" dedi yaşlı gözleriyle Samia. Kış günü sokakta kalırsalar, ne yapacaklardı?

Bir haftanın dolmasına bir gün kala kapı çalındı. Samia, kapıyı açtığında, karşısında heybetli görüntüsüyle kayınpederi Avukat Arif Hikmet Yamanoğlu'nu gördü. Hemen içeri buyur etti. Oğlunun davasına bakmak için Ankara'dan gelmişti. Bir gece onlarda kalıp, ertesi gün davaya gidecekti. Durumlarını görünce içi sızladı. Çektikleri zorlukları utana sıkıla anlattı Samia yaşlı gözleriyle... Kayınpederi, buruk bir gülümseyişle okşadı torunu Mert'in saçını. Cebinden bir miktar para çıkardı. "Yarın kiranızı ödeyin. Ben birkaç gün sonra gelip, sizi bu evden çıkartacağım."

***

Birkaç gün sonra, Rıhtım Caddesi, Uzunhafız Sokak'tan, Yıldızbakkal'daki Ender Apartmanı'na taşındılar. Kayınpeder Arif Bey, iki aylık kirayı peşinen ödedi. Diğer eve göre daha iyi şartlardaydı ev. Aylar geçiyor, Mert büyüyor, babasının mahkemesi devam ediyordu. Akşam saat 20.00 olunca, radyonun başına oturuyorlar ve canlı yayınlanan mahkemeyi dinliyorlardı. Mahkeme başkanı yargılananları sık sık sert bir dille uyarıyor, hatta onları aşağılıyordu. Ve tüm aşağılananların aileleri, gözyaşları içinde ağlıyordu radyolarının başında. Tıpkı Samia ve Emine gibi... Daha sonraki duruşmalarda Samia, eşinin önce Adana, daha sonra Sultanahmet ve en sonunda da Üsküdar Toptaşı Cezaevi'ne nakledildiğini öğrenecekti.

BEŞ YIL SONRA... İSTANBUL (1965)

Büyük bir gürültüyle açıldı cezaevinin kapısı. Bumin, elinde valiziyle şöyle bir dönüp, arkasında kalan geniş avluya baktı. Geride bıraktığı hiçbir anıyı hatırlamak istemedi. Ağır adımlarla yürüyüp, karşı kaldırıma geçti. Eşinden aldığı son mektupta yazılı olan adrese gitti. Usulca çaldı zili. Samia, çığlık çığlığa açtı kapıyı. Sımsıkı sarıldı kocasına. Adeta nefessiz bıraktı Bumin'i. Gözyaşı sel olup aktı yine. Ardından Emine, ardından Mert... Oğlu büyümüştü. Ağlaya ağlaya sarıldı Mert'e... Kader onun büyüdüğü beş yılı saklamıştı ondan... Görememişti o beş yılda çocuğunun nasıl büyüdüğünü, nasıl yürüdüğünü, fotoğrafına bakıp ilk nasıl "Baba" dediğini. Yokluklara rağmen, o kadar iyi büyütmüşlerdi ki Mert'i, ne bir hastalık ne de babasının yokluğu... Hepsinin üstesinden gelmişlerdi. Hasret kaldığı karısını ve Emine'yi tekrar kucakladı sıkıca. Yanağına süzülürken yaşlar, "Allah'ın bana lütfusunuz" dedi titrek bir sesle. Öylece kaldılar kapıda dakikalarca. Hasret bitmişti artık. Belki de yeni bir sayfa açılacaktı hayatlarında. Her şey yeniden başlayacaktı. Zor olacaktı, evet! Ama ayakta kalabilmek adına verilen bu savaş, en azından ayakta devam edecekti.

***

İşsizdi Bumin. Meslekten ihraç edilmişti. Yapabileceği hiçbir şey yoktu. Sonraki aylar, iş aramakla geçti. Kimse Bumin'e iş vermek istemiyordu. Çaldığı her kapı yüzüne kapandı. O yüzüne kapanan kapılar, geçmişin sonucuydu. Hayat şartlarının zorluğu, parasızlık ve gurur kırıcı davranışlara maruz kalmak, yormuştu Bumin'i... Saçlarındaki kırlar her gün biraz daha artıyor, umutları günden güne tükeniyordu. Akrabaların yardımları bir yere kadar yetebiliyordu ve bu şekilde yaşamak istemiyordu Bumin. Hapishane hayatı sonrasında, onu terk etmeyen ender dostlarından biri, Ermeni bir tüccarın güvenilir birini aradığını söyledi. Hemen görüşmeye gitti Bumin. Teneke ihracatıyla uğraşan bu adamın adı Mıgırdiç Sellefyan'dı. Kendisine, evrak işlerinde yardımcı olacak güvenilir birini arıyordu. Hemen tanıdı Bumin'i... Sellefyan'ın ofisinde geçen kısa bir konuşmadan sonra, daha kahveleri bitmeden "Hayırlı olsun" dedi Bumin'e yeni patronu. Bumin, artık işsiz değildi. Büyük bir özveriyle çalışmaya başladı. İyi bir maaş ve iyi bir patrona sahipti artık. Yeni hayatı, yüzünü güldürmüştü ilk kez.

***

Yıldızbakkal'daki evden, yine Kadıköy Fenerbahçe'deki Iğrıp Sokak'a taşındılar. Bumin, düzenli para kazanmaya başlayınca, hayat standartları da yükseldi. Hapse girdiğinde ortadan kaybolan dostlar, yeniden arayıp sormaya başlıyor, Bumin'in işleri düzeldikçe çevresi daha da genişliyor, her gün yeni dostlar giriyordu dünyasına. Bumin'in sohbet etmekten en çok hoşlandığı kişi, Nalbur Nuri'ydi. Haftada iki-üç kez Nuri'nin Kadıköy'deki Hacıbekir Pastanesi'nin sırasında bulunan dükkânına uğrar, eğlenceli bir sohbetin ardından evine giderdi. Nuri'nin dükkânında sohbet ettikleri akşamlardan birinde, Bumin'in dikkatini genç bir müşteri çekti. Genellikle aynı saatlerde karşılaşıyorlardı. Delikanlı, biraz malzeme aldıktan sonra sessizce çıkıp gidiyordu. Bu delikanlının kim olduğunu çok merak ediyordu Bumin. Delikanlının yine sessizce çıkıp gittiği bir gün, merakını yenemeyerek sordu:

- Nuri, kim bu delikanlı yahu? Çok efendi birine benziyor.
- Buraya sık sık malzeme almaya gelir. Ben de çok iyi tanımıyorum.
- Nereli acaba?
- Bilmiyorum. Ama çok efendi bir çocuk. Borcuna sadık. Gözüm kapalı malzeme veririm ona. Parasını bir gün bile aksatmaz.
- Bir dahaki gelişine selam söyle benden.
- Olur, söylerim Bumin.

Bir hafta sonra tekrar karşılaştılar. Nuri, delikanlıya Bumin'i göstererek, "Bak, sana geçen hafta selam gönderen ağabey işte bu" dedi. Delikanlı, elindeki malzemeleri bırakarak hemen yanına gitti Bumin'in. Saygıyla elini uzatarak, selamladı. Sıcak bir gülümseme eşliğinde sohbete başladılar.

- Otur bakalım delikanlı. Nuri de bize çay söylesin.
- Çok teşekkür ederim efendim, sağ olun.
- Dikkatimi çektin. Nesin, necisin, bir anlat bakalım.
- İnşaatçıyım efendim. Kalfalık yapıyorum. Sıva, fayans, boya-badana işleri işte.
- Anladım. Nuri senden çok iyi bahsetti. Bu zamanda dürüst insan bulmak zor...
- Teveccühünüz efendim.
- Utanmaya, sıkılmaya gerek yok. Ben senin ağabeyin sayılırım. Anlat bakalım hikâyeni.

Adı, Hayati'ydi. Bayburt'ta doğmuştu. Beş kardeştiler. İki

kız, üç erkek. En küçükleriydi Hayati. Ağabeyleri onu çok eziyordu. O da çareyi gurbete çıkmakta bulmuştu. Yedi yaşında kaçmıştı evden. İstanbul'a gelip inşaatlarda çalışmaya başlamıştı. İnşaat köşelerinde, çimento torbalarının üzerinde yatmış, şantiyelerdeki barınaklarda yaşamıştı. Seçtiği hayatın acımasızlığına rağmen kimseyi incitmemiş, kimseyi düşman bellememişti kendine. Kafası önde işine gidip gelen, aldığı üç-beş kuruş parayla tutunmaya çalışan biriydi Hayati. Onun hikâyesi çok etkilemişti Bumin'i... Merhamet damarı bir kez daha kabarmıştı. "Ne zaman bir sıkıntın olursa beni bul" dedi. Sahipsiz ve tek başına yaşayan bir gence, dostluk elini uzattı. Ve Hayati hiç bırakmadı o eli. Aylar ayları kovaladıkça daha da arttı birbirlerine karşı olan güvenleri, sevgileri. Bumin, kendini Hayati'nin yanında çok güvende hissediyordu.

İSTANBUL (1966)

Emine 21 yaşında güzeller güzeli bir genç kız. Bir yandan Bumin Baba'sının tuttuğu mürebbiyeden Fransızca dersleri alıyor, diğer yandan Mert'e ablalık yapıyordu. Kendini kısa sürede geliştirmişti. Çok iyi dikiş nakış bilen biriydi o artık. Ama hâlâ biraz içine kapanık, az konuşan, yine de hayata bağlı bir genç kızdı...

Evde bir hazırlık vardı o gün. Samia Abla'sına yaklaşarak sordu Emine:

- Hayırdır abla, ne hazırlığı bu?
- Akşam yemeğe misafirimiz var Emine.
- Kim?

- Ben de tanımıyorum. Bumin'in arkadaşıymış. İlk defa gelecek evimize. Bu yüzden her şeyin iyi olmasını istiyorum.
- Uzun zamandır evimize misafir gelmiyordu.
- Evet. Bumin dün söyledi. En güzel yemekleri yap, dedi.
- Sana yardım edeyim öyleyse.

Birlikte hazırladılar yemeği. Ve akşam beklenen misafir geldi. "Tanıştırayım" dedi Bumin. "Kardeşim kadar sevdiğim Hayati." Samia, "Hoş geldiniz" diyerek elini sıktı Hayati'nin. Emine biraz geri çekildi. Utangaçlığı yine ön plandaydı. Sofraya oturdular. Yemekte hiç konuşmadı Emine. Evde ilk defa tanıştığı bir yabancı olunca, çok da rahat edememişti. Aslında her ikisi de utangaçtı. Ne Hayati Emine'nin gözlerine baktı, ne de Emine Hayati'nin. Ürkek bir selamlaşmanın dışında aralarında hiçbir iletişim olmadı. Yemek yenip, kahveler içildikten sonra, sohbet başladı. Emine, sadece dinliyor, sohbete katılmıyordu. Hayati, birden saatin geç olduğunu fark ederek müsaade istedi. Kapıya kadar geçirdiler. Emine, ilk kez orada baktı Hayati'nin gözlerine. Kısa bir bakışmanın ardından, kaçırdı ondan gözlerini. Yanakları kızarmıştı ikisinin de... "İyi akşamlar" diyerek gitti Hayati.

Gece yataklarına çekildiklerinde, kimse uyumuyordu hâlâ... Emine, bugün tanıştığı yabancıyı düşünüyordu. Bumin ve Samia yatakta konuşuyorlardı:

- Hayati'yi sevdin mi Samia?
- Çok sevdim. Gerçekten de dediğin kadar varmış.
- Ben çok sevdim bu çocuğu. Her şeyiyle dört dörtlük...
- Benim de kanım çok ısındı.

- Zavallı çok acılar çekmiş, ezilmiş. Ama hiç yanlış yola sapmamış.
- Bazı insanlar doğuştan düzgün oluyor. Ve hiçbir şey onları değiştirmiyor.
- Böyle bir dünyada bu kadar düzgün kalabilen insan sayısı o kadar az ki... Benim böyle insanlara karşı hemen sahiplenme isteğim oluşuyor.
- Çok da yakışıklı bir delikanlı, farkında mısın?
- Farkındayım. Amaaan boş ver. İçi güzel olsun insanın.
- Aklıma ne geldi, biliyor musun?
- Ne geldi Samia?
- Hazır bu kadar düzgün bir insan tanımışken, neden onu aileye katmıyoruz?
- Nasıl yani?
- Hayati bu kadar iyi biriyse, bizim de en az onun kadar iyi bir kızımız var.
- Aklından neler geçiyor yine?
- Diyorum ki yani bunları bir baş-göz etsek olmaz mı? İkisi de iyi çocuklar.
- Aslında benim de aklımdan geçmiyor değil...
- Bence çok iyi olur.
- E peki Emine ne der bu işe?
- Hayati'nin ne diyeceğinden çok eminsin galiba? Bu yüzden direkt Emine'yi sordun, yanılıyor muyum?
- Yanılmıyorsun. Emine'den daha iyisini mi bulacak Hayati?
- Orası öyle. İkisi de çok utangaç, farkında mısın?

- Farkındayım.
- Nasıl açılacaklar birbirlerine?
- Dur hanım, acele etme. Önce evliliğe hazırlar mı, onu bir öğrenelim, sonra ne gerekiyorsa yaparız.
- Haklısın Bumin. Hayırlısı olur inşallah.
- Hayırlıysa olsun.

***

Hayati, o eve artık daha sık gelmeye başlamıştı. Utangaç tavırlarından da biraz daha kurtulmuşa benziyordu. Bumin, konuyu kendisine açmış, Hayati de "Sen uygun görüyorsan neden olmasın ağabey" demişti. Samia ise Emine'ye mevzuyu çıtlatmış ama net bir yanıt alamamıştı. Sanki biraz gönlü var gibiydi ama utangaçlığı ve içine kapanıklığı bazı duygularını açıkça ifade etmesini engelliyordu. Zamana bırakmaya karar verdiler. Bu arada Hayati'yi akşam yemeklerine daha sık davet eder oldular. Bir yandan sohbet ediyor, diğer yandan ikisinin birbirlerine karşı olan tutumlarını tetkik ediyorlardı.

Günler geçtikçe Emine ve Hayati birbirlerine karşı daha rahat olmaya, aralarında bir bulut gibi duran çekingenlik perdelerini aralamaya başladılar. Bu durum en çok Bumin ve Samia'yı mutlu ediyordu. Haftalar sonra konu evde açık bir şekilde konuşuldu. Her iki taraf da "Siz bilirsiniz" diyordu. Ve sonunda nişan yapılmasına karar verildi. Çok yakın birkaç aile dostu ve ahbapla gerçekleştirilen ama yine de kalabalık sayılabilecek bir insan topluluğu oluşturan davetlilerle gerçekleşen nişan töreni, evde adeta bir düğün havası estirmişti. Bu durumdan hoşlanmayan tek kişi vardı; Mert.

Emine ablasının evleneceği haberini aldığında ilkokul

ikinci sınıfa gidiyordu Mert. Ablasının o evden gideceğini kabullenemiyordu. Nişan gecesi birdenbire ortadan kayboldu. Bütün davetliler, saatlerce onu aradı. Tam polise haber verilmek üzereydi ki Mert'i dolabın içine saklanmış bir durumda buldular. Ağlıyordu... Yapılan telkinler, onu mutsuzluğundan çıkarmaya yetmiyordu.

***

Nişanlılık dönemleri, birbirlerini tanımaları açısından doğru bir süreç oldu. Hayati ve Emine, artık birbirlerine karşı daha açık duygularla hareket ediyor, gelecekte kuracakları yuvanın hayalini kuruyorlardı. Hayati'nin tek dileği bir erkek çocuktu. Emine'nin ona vereceği bir erkek evlada babasının ismini koyacaktı çünkü... Yedi yaşında terk ettiği ailesinde en çok özlediği babasının hatırasını, adını koyacağı erkek evladında yaşatacaktı. Bunu gerçekten çok istiyordu Hayati...

Takvimler 24 Aralık 1966'yı gösterdiğinde evlendiler. Mert o gün çok ağladı. Aylarca alışamadı bu duruma. Babası, Emine ve Hayati'ye kendi evlerine yakın bir ev tutmuştu. Bu sayede Mert, okuldan çıkınca Emine ablasına uğruyor, yemeğini yedikten sonra kendi evine geçiyordu. Bu çözüm, Mert'i mutlu etmeye yetmemişse de yine de gönülden bağlı olduğu Emine ablasıyla arasındaki bağların ilelebet kopmamasını sağlıyordu. Bu arada Emine hamile kalmıştı. Hayati'nin en çok istediği şey gerçekleşmek üzereydi. Ama beklenen olmadı. 29 Kasım 1967'de Emine bir kız çocuğu getirdi dünyaya. Annesi "Seyhan" koydu adını. Hayati'nin, babasının ismini kendi çocuğuna verme hayali, bir sonraki gebeliğe ertelendi. Ve bir yıl sonra tekrar hamile kaldı Emine. 1969 yılının 10

Ağustos'unda bir erkek çocuk geldi dünyaya. Ben doğdum. Babam, babasının adını verdi bana. "Kahraman olsun oğlumun adı" dedi. "Kahraman Tazeoğlu olsun. Büyükbabasının anısını yaşatsın..."

***

O yıl, babam için mutlu ama Bumin Amca için kötü bir yıl olmuştu. Yanında çalıştığı Ermeni patronu Mıgırdiç Sellefyan ülkeden kaçmış, Bumin yine işsiz kalmıştı ve yılların yorgunluğuyla 28 Ağustos 1981 yılında geçirdiği ani bir kalp krizi sonucu hayata veda etmişti.

Onu, fotoğraflarının dışında, beni dizine oturtup alfabe öğrettiği günlerde hatırlıyorum. Kocaman gözlüğü, iri cüssesi, kalın sesiyle bu heybetli ama bir o kadar yumuşak kalpli adam, bana öğrettiği alfabeyle bir gün onun hikâyesini yazacağımı bilseydi, sanırım benimle gurur duyardı. Rahmetle uyu Bumin Amca.

AŞKTAN DA ÖTE

Genç bir kız getirdiler odaya. On dokuz, yirmi yaşlarındaydı. Fakat yüzündeki hastalıklı ifade onu yaşından daha olgun gösteriyordu. Önceden hazırlanmış olan yatağa yatırdılar. Hastabakıcıları özensiz bir şekilde yerleştirdi kızı. Sararmış yüzü pencereye dönüktü. Annesinin yüzü ise "Neden benim kızım?" sorusunun yüzündeki çizgilerde bıraktığı keskinlikle hayatı sorgular gibiydi. Yavaşça ve gözlerini kızından ayırmadan yatağın yanındaki sandalyeye oturdu. Çok bitkindi genç kız. Arada bir dudaklarından belli belirsiz inlemeler çıkıyordu. Annesi kızının kolundaki serumun naylon borusunu düzeltirken genç kız, yatağında kıpırdanmaya başladı. Yavaşça açtı gözlerini. Annesi gözlerindeki yaşları eliyle silerek, ağladığını belli etmemeye çalıştı.

- Nasılsın güzel kızım?
- Ne dedi doktor anne?
- Tahlil sonuçları gelmeden bir açıklama yapamayacaklarını söyledi.
- Sonuçlar ne zaman çıkacakmış?

Bir gerçeği saklarcasına başını öne eğdi annesi. Aslında sonucun ne olduğu belliydi ama bunu kızına nasıl söyleyeceğini bilmiyordu. Genç kız kanserdi. Doktor çok ümitli konuşmamıştı. Gözleri hastanenin gri mermer zeminine dalmış, kafasında dolaşan türlü cevaplardan en inandırıcı olanını seçmeye çalışıyordu.

- Sanırım, yarın çıkacak kızım.
- Bu oda çok fazla hastane gibi kokuyor anne.
- E hastanedeyiz yavrum.

Sustu ikisi de... Acıları, bir perde gibi gözlerini kapatan insanların, o perdenin arkasından akıp giden hayata bakmaları gibi bir an yaşadılar. İkisi de hastanenin bu büyük odasında yatan diğer hastalara baktı. Hepsinin başka başka acıları, umutları ve refakatçileri vardı. Etraflarında olup bitenleri yeni yeni fark etmeye başladılar. Koşuşturup duran hademeler, hemşireler... Arada bir gelip hastaları kontrol eden doktorlar. Bir devlet hastanesinde olması gereken ne varsa hepsi mevcuttu ve bunların tam ortasında genç bir kız ve annesi vardı. Ve yerlerde karıncalar geziyordu...

***

Akşama doğru yeniden uykuya daldı genç kız. Annesi sessizce ağlıyordu yanında. Bir ara uyanır gibi oldu. Annesi toparladı hemen kendini. Odadan dışarı çıktı. Koridorda bekledi bir süre. Sonra telefonunu çıkarıp aceleyle bir numara seçti rehberden. "Filiz... Ne yapıyorsun? Uyudu şimdi kız. Yanında konuşamıyorum, biliyorsun. Ona nasıl söyleyeceğiz bunu?" Kelimeler ağzından zor çıkıyordu. Ağlamaya başladı. Bir yandan da karşı tarafın telkin edici sözleriyle kendine gelmeye çalışıyordu. Hıçkırarak başını sağa sola sallıyor, telefonu kapatmaya çalışıyordu. Nihayet kendine geldi ve "Tamam Filiz, bekliyorum" dedi ve kapattı. Bir süre boşluğa daldı gözleri. Sonra tekrar kendine gelerek kızının yanına geçti. Genç kız solgun yüzü ve zayıf düşmüş vücuduyla yatağında uyuyordu. Kızının yanındaki yerini aldıktan sonra yastığını düzeltmek istedi... Bu esnada uyandı kızı.

- Demin neredeydin anne?
- Filiz teyzenle konuşuyordum kızım. Bu gece o kalacak burada.
- Anne, gerek yok, ben tek başıma da kalabilirim. Zaten ne yapıyorum ki, yatıyorum burada böyle.
- Hiç olur mu öyle şey kızım. Ben yarın kardeşini okula gönderdikten sonra yine geleceğim. O zaman da Filiz teyzen gider, dinlenir. Evleri buraya yakın biliyorsun.
- Ya, anneciğim ne gerek bütün bunlara? Zaten birkaç gün sonra çıkmayacak mıyım?

Annesi yeniden hüzünlendi. Gözleri dolmak üzereydi ki kendine geldi ve lafı başka bir yere taşıdı. İçine oturan o yumruk, kızının birkaç gün sonra çıkmayacak mıyım sorusunun ta kendisiydi. Gözyaşlarını içine akıtarak gülümsedi kızına.

Bir saat sonra Filiz geldi. Kız kardeşine nazaran hayata daha bağlı ve metanetli görünüyordu. Gelir gelmez söylenmeye başladı Filiz.

- Aman ne burası böyle be! Açın şu pencereyi. Havasızlıktan öleceksiniz burada.

Hızlı hareketlerle hemen pencereyi açtı. Genç kız, yatağından doğrularak teyzesini izledi bir süre. Filiz, yeğenini sertçe öptü ve kız kardeşine "Hadi sen git, yorulmuşsun" dedi. Bir süre daha üçü birlikte oturmaya devam etti. Sonra anne, ayrıldı odadan ve gecenin sessizliğine karıştı.

***

Odadaki saat 23.55'i gösteriyordu. Genç kız biraz daha iyi hissediyordu kendini. Teyzesiyle konuşmak ona iyi gelmişti. Bir ara aklına bir soru geldi:

- Teyze, çocuklara kim bakıyor?
- Necmi'ye bıraktım. Bakıversin, işi ne?
- Eniştem işe gitmeyecek mi sabah?
- Gidecek.
- E, okula kim gönderecek çocukları?
- Enişten tabii ki...
- Zor olmayacak mı adamcağıza?
- Ben onu ehlileştirdim, bir şey olmaz. Akşamdan verdim yemini suyunu. Artık ne istesem yapar.

Hastaneye geldiğinden beri ilk defa güldü genç kız. "İlahi teyze ya... Adama dediğine bak."

Saatler ilerledikçe daha da sessizleşiyordu hastane. Diğer yataklardan gelen inilitiler biraz daha azalmıştı. Geneli yaşlıydı hastaların. Arada tek tük orta yaşlılar vardı. Koğuşun en genç hastası kendisiydi. Bir süre onları seyretti. Sonra teyzesine baktı. Zavallı kadıncağız, sandalye tepesinde uyuyakalmıştı. Ona, yatağında yer açmak istedi. Seruma bağlı kolu ağrıyordu. Başaramadı. Tam o sırada sessizliği bir sedyenin koğuşa girmesi bozdu. Bir hemşire, bir hasta bakıcı ve orta yaşlı bir adam eşliğinde sedyeyi genç kızın yatağının yanına kadar getirdiler. Uzun, siyah ve gür saçlar sedyenin kenarından aşağı doğru uzanıyordu. Yüzü görünmüyordu hastanın. Hastabakıcı odadaki tek boş yatağın genç kızın yanındaki yatak olduğunu gördü. O yatağı, yeni gelen hasta için hazırlarken, Filiz teyze uyandı. Uykulu bir ses tonuyla, "Bak, sana arkadaş geldi.

Nesi var acaba kızcağızın" dedi. Hastanın bir yakını olduğu her halinden belli olan orta yaşlı adam, birden dönerek, sinirli bir bakış fırlattı teyzeye. Genç kız ise teyzesinin sözlerinin biraz gerilim oluşturduğunu düşünerek, susmasına dair kaş göz hareketi yaptı. Teyze durumu anlayıp doğrulduğu sandalyesine bir suçlu gibi gömüldü tekrar. Hastayı yatağa yatırırlarken, teyze kırdığı potun farkına vardı. Hasta, kız değil, erkekti. Neredeyse beline kadar uzun saçları, biçimli dudakları, minyon yüzüyle gayet yakışıklı bir erkekti hem de... Yarı baygın olmasına rağmen, yine de yüzündeki çocuksu ifade belirgindi. Yatırma işlemi bitince, orta yaşlı adam teyzeye dönerek "Mecbur kalmasak bu koğuşa gelmezdik" dedi sert sayılabilecek bir tonda. Elindeki evrakla oradan uzaklaşırken teyze, adamın arkasından baktı uzun uzun. Sonra söylendi kendi kendine.

- Delinin zoruna bak be! Ne olmuş kız dediysek? Sanki gay dedik.
- Teyze, gay ne ya?
- Aman ne bileyim işte, gay mı, gey mi? O türlü olanlara diyorlar ya işte.
- Teyze, yapma Allah aşkına.

Tam bu sırada yan yataktan hastanın sesi duyuldu. "Dert etme teyze. Ben alışkınım bu tür ifadelere. Hep saçlarım yüzünden." İkisi de o tarafa doğru döndü yüzünü. Genç delikanlı, yatağında doğrulmuş, uzun saçları omzuna dökülürken, yüzünde tatlı bir gülümsemeyle onlara bakıyordu. Her ikisi de toparlandı birden. Genç kız "Geçmiş olsun" dedi. Teyze hemen ekledi: "Evet, geçmiş olsun kızım. Ay pardon! Oğlum." Yanakları kızarmış, bir kez daha mahcup olmuştu teyze. Delikanlı olgunlukla karşıladı yine. "Size de geçmiş olsun" dedi zarifçe. Genç kız teşekkür etti. Bu sırada orta yaşlı adam girdi içeri. Elinde birtakım test sonuçlarıyla acele acele bir şeyler konuşmaya başladı.

- Bak oğlum, bunlar kan tahlillerin. Yarın sabah doktorlar vizit alırken bunlara bakacaklar.
- Tamam baba, sen geç kalma, git. Ben burada rahatım. Hem komşularım da gayet iyi insanlar.

Adam, o tarafa döndü ve teyzeyle göz göze geldi. Teyze, gözlerini biraz sonra azar işitecek çocuklar gibi adamdan kaçırdı. Adam: "Biraz önceki sözlerim için özür dilerim. Kabalık ettim, kusura bakmayın. Bizi, erkekler koğuşunda hiç yer olmadığı için geçici olarak buraya yolladılar. Sedyeyle buraya doğru gelirken haddini bilmez bir hademenin 'Aman bir şey olmaz, zaten bu da kız gibi çocuk' dediğini duydum, bu yüzden size patladım." Teyze, adamın yüzüne hiç bakmadan, "Önemli değil, olur öyle şeyler" dedi sadece. Adam, birkaç güne kadar yer boşalırsa, oğlunu diğer tarafa alacaklarını söyleyerek odadan çıktı. Tüm bu olanları bir film izler gibi seyreden genç kız, yan tarafındaki yatak komşusu olan bu delikanlının uzun ve gür saçlarına bakarken, bir yandan da neden bir refakatçisi olmadığını düşündü.

O sırada teyze, biraz hava almak için dışarı çıktı. Genç kız ve delikanlı çekinerek birbirlerine bakarken, ilk söz delikanlıdan geldi.

- Sizin rahatsızlığınız nedir acaba?
- Tam olarak belli değil, yarın tahlil sonuçlarına göre bir şey söyleyecekmiş doktor.
- Geçmiş olsun. Umarım kötü bir şey çıkmaz.

- Teşekkür ederim. Sizin nedir rahatsızlığınız?
- Ben uzun zamandır sancılar çekiyordum. Bu akşam fenalaştım. Bayılmışım. Gözümü açtım ki buradayım. Bana da ne olduğu yarın belli olacakmış.
- Geçmiş olsun. Umarım kötü bir şey çıkmaz.

Birbirlerine karşı aynı temenniyi, aynı cümlelerle kurduklarını fark edip gülümsediler. Aralarında sıcak bir dostluk, belki de bir yol arkadaşlığı başlamıştı. Bir süre sustular ve koğuştaki diğer insanları gözlemlediler. Ama ikisinin de aklı birbirindeydi sanki. Bu sessiz bekleyiş, açılacak ilk sözü bekliyordu aslında. Bu sessizliği genç kız bozdu.

- Teyzemin kusuruna bakmayın. Biraz patavatsızdır kendisi. Ama içi çok temizdir teyzemin.
- Sorun yok. Dedim ya, ben buna alışkınım. Uzun saçlarım, bazen yanlış anlaşılıyor işte böyle.
- Bence saçlardan ziyade insanların önyargılarında sorun.
- Aslında benden çok babam istiyor saçlarımın uzun olmasını.
- Öyle mi? Şaşırdım. Genelde babalar tam tersini ister ama...
- Ona, ölen annemi hatırlatıyormuş. Onun da saçlarının rengi aynı böyleymiş. Ve bu kadar uzunmuş işte.
- Üzüldüm.
- Saçlarımın rengine mi?
- Hayır annene. Allah rahmet eylesin.
- Teşekkür ederim. On yıl oldu o gideli. Babam tek başına büyüttü beni. Ne başka bir kadınla evlendi, ne de

başka birini sevdi. Karısından kalan tek emanetim ben ona. Bu yüzden çok titriyor üstüme. Azıcık öksürsem, sancılansam hastaneye getiriyor.

- Benim de babam yok. Ben çok küçükken gitmiş. Kardeşim ve ben onu hiç hatırlamıyoruz. Sadece fotoğraflardan biliyoruz yüzünü. Bizi de annem büyüttü. O da senin baban gibi evhamlı bu yüzden.

- O da mı başkasıyla evlenmeyi düşünmedi hiç?

- Düşünmedi. Kendini, hayatını bize adadı.

İkisi de hüzünlenmişti. Hemen hemen benzer bir kaderi paylaşıyorlardı. Ve o benzer kader, onları bu hastanede bir araya getirmişti. Birden, birbirlerine isimlerini sormadıklarını fark ettiler. İkisi de aynı anda sordu birbirine:

- Sahi senin adın ne?

İkisinin de dudaklarından aynı anda ve aynı tonda çıkmıştı bu soru. Gülümsediler ve yine ikisi de aynı anda birbirine "Deniz" dedi. Kahkahalar yükseldi birden. İkisinin de adı Deniz'di... Bu tevafuk, onları daha da yakınlaştırdı birbirine.

Tüm bunlar yaşanırken birden teyzeyi fark etti delikanlı. Kendine çekidüzen vererek bakışlarını sakladı. Genç kız da aynı reaksiyonu gösterdi refleks olarak. Sanki bir suç işliyormuşçasına bir tavır takındılar. Teyzenin de yüzünde birbirine kur yapan iki ayrı cinsi yakalamışçasına bir ifade vardı. Durumdan hoşnut olmayan bakışlarını delikanlının üzerine çevirerek, kinayeli bir üslupla, "Bakıyorum da pek çabuk kaynaşmışsınız" diye bir serzenişte bulundu. İki gencin de kafası öndeydi. Utanmaktan değil, gülmekten korkuyorlardı...

***

Ertesi sabah doktorlar, peşlerindeki öğrencilerle birlikte vizit almaya başladılar. Gençlerin demir somyalarının ayakuçlarındaki ceplerde bulunan dosyalarını incelediler. Delikanlının babası gelmiş, genç kızın teyzesi de nöbeti ablasına devretmişti. Doktorların ağzından dökülecek cümleler bekleniyordu şimdi. Refakatçiler, ellerindeki tahlil sonuçlarını uzun uzun inceleyen doktorların yüzünden anlamlar çıkarmaya çalışıyorlardı. Kahredici bir sessizlikti bu onlar için. Ve daha kötüsü doktorların yüzü hiç ümit vermiyordu. Her ikisinin de durumu hakkında ortalama bir şeyler söyleyerek geçiştirdiler. Fakat her ikisinin de refakatçisini dışarı çağırmaları, genç kızın ve delikanlının dikkatini çekti. Durum sandıklarından daha kötü olabilirdi belki de.

Baba ve anne dışarı çıktığında hastaların ikisi de birbirinin yüzüne baktı. Birbirlerine destek verir, umut olurcasına gözleriyle sarıldılar. Delikanlı elini uzattı. Kız, onun elini tuttu. Bir süre öylece kaldılar. Sonra anne ve babaları girdi içeri, onların gözlerindeki saklamaya çalıştıkları yaşları fark ettiler. Ve herkes sustu.

***

Artık aralarında koğuş arkadaşlığından daha öte bir şey başlamıştı. Geceleri sabaha kadar konuşuyorlardı. Hayata, aşka ve hastalıklarına dair anne ve babalarının yanında konuşamadıkları her şeyi geceleri konuşuyorlardı. Yanlarındaki refakatçiler uyuduktan sonra onların saatleri başlıyordu. Bir keresinde söz anne ve babalarının nasıl tanıştıklarından açılmıştı. Genç kız delikanlının ismini kimin koyduğunu sordu.

- Benim ismimi babam koymuş. "Deniz olsun oğlumun adı" demiş.

- Denizi çok mu seviyormuş baban?
- Hayır, ondan ötürü değil. Babam, sıkı bir devrimciydi eskiden. Deniz Gezmiş hayranıydı ayrıca... Bu yüzden adımı Deniz koydu. Onun gibi olayım diye.
- Annenle ne zaman tanışmışlar peki?
- Emperyalizme karşı bir yürüyüş yapılmış Taksim'de... O zaman tanışmışlar. Babam annemi polislerin coplarının arasından almış. Babam, daha annemi tanımadan ona ilk iyiliğini yapmış böylece. Çok sevmiş annemi. Evlenmişler. Gözünün içine bakmış yıllarca. Aynı düşünceyi ve aynı fikri savunan insanların içinde yıllarca mücadele etmişler. Sonra bir gün yolda yürürken, nereden geldiği belli olmayan bir kurşunla öldürülmüş annem. O zaman ben üç yaşındaymışım. Şimdi yirmi üç yaşındayım. Babam yirmi yıldır o kurşunu atanı arıyor.
- Çok üzüldüm. İçim kötü oldu seni dinlerken.
- Biraz da sen anlat o zaman. Azıcık da benim içim kötü olsun, ödeşelim.
- Benim hikâyem seninki gibi değil. Biz çok küçükken annemi terk etmiş gitmiş babam. Ne bir haber, ne de bir iz. Hiçbir şey bırakmamış geride.
- Senin adını da baban mı koymuş?
- Hayır, annem Deniz demiş bana. Denizi çok severmiş annem. Gözlerimin mavi olmasını istemiş hep ama olmamış. Neyse ki ikizimin gözleri mavi... Tıpkı babamın gözleri gibi...
- Kardeşim dediğin ikizin miydi yani?
- Evet, ikizim. Okuyor. Annem onunla ilgilenmek zorunda... Bu yüzden geceleri teyzem geliyor yanıma.

- Kaç yaşındasın?
- Yirmi bir yaşındayım.

Birden gülmeye başladı genç kız. Delikanlı ne olduğunu sordu. Kız da başından geçen bir olayı anlattı. Bir otobüs yolculuğunda yanına denk gelen meraklı bir teyze Deniz'e "Kaç yaşındasın kızım?" diye sormuş. Deniz de o zamanlar on dokuz yaşındaymış ve kadına yaşını söylemiş. Kadın meraklı ya, "Başka kardeşin var mı?" demiş. Deniz de "Bir tane ikizim var" demiş. Bunun üzerine kadın "Peki, o kaç yaşında?" diye sorunca Deniz kahkahayı patlatmış.

- Şimdi kim bana yaşımı sorsa, o olay aklıma geliyor, gülüyorum.
- Gerçekten de şaka gibi bir teyzeymiş.

Arlarında geçen mutlu anlardan biri yaşanıyordu. Ve bu anların gardiyanı Filiz teyze yine sahnedeydi. "Gece gece ne bu gülüşmeler? Yatın uyuyun hadi. Öteki hastalar rahatsız olacak. Çeneniz düştü yine" diye söylendi. Delikanlı ve genç kız, böyle zamanlar için bir taktik geliştirmişlerdi. Önce Filiz teyzenin uyumasını bekliyor, daha sonra yorganlarının altına girerek uyuyormuş gibi yapıp, cep telefonlarıyla sabaha kadar mesajlaşıyorlardı. Böylece hem sesten kimse rahatsız olmuyor, hem de Filiz teyzeden azar işitmiyorlardı.

Günler haftaları, haftalar ayları kovaladı böylece. Her ikisinin de akrabaları artık dost olmuşlardı. Erkekler koğuşunda yer boşalmış olmasına rağmen, yine de istemediler Deniz'in oraya gitmesini. İkisinin de hastalığı aynıydı ve birbirlerine destek oluyorlardı. Delikanlının babası tek başına yaşadığı için geceleri çok az oğlunun yanında kalabiliyor, gündüzleri ise sadece iş çıkışında uğrayabiliyordu. Genç kızın yakınları, yalnız kalan delikanlıya yardım ediyorlardı. Zaten birçok zahmetin üstesinden birlikte geliyorlardı. Bu dayanışma onları birbirine giderek daha fazla bağlıyor, biri o gün biraz fenalaşsa, hemen ardından diğeri de yanı şekilde ağırlaşıyordu. Birbirlerini gördükleri zamansa, giderek daha iyi oluyordu durumları. Buna aşk denebilirdi belki. Ama yine de yetmezdi. Bu, aşktan da öte bir şeydi. Ölümün kıyısında hayatı paylaşmaktı bu. Aşkla ölüme direnmenin adı aşk olmaya yetmiyordu. Daha fazlasıydı onlarınki... Aşktan da öteydi...

Genç yaşlarına rağmen, ikisi de yaşadıkları bir-iki ilişki dışında adamakıllı bir aşk yaşamamıştı. Bu konuda da dertleri ortaktı. İkisi de az sevilmiş ve çabuk terk edilmişti. Yaşayamadıkları aşkları o kadar benziyordu ki birbirine. Şimdi bu hastanede, aralarındaki aşkla intikam alıyorlardı terk edenlerinden.

***

Bu gece ikisi de üzgün. Bu gece içlerinden bir şeyler kopacağı belli. Bu gece aslında hiç istemedikleri bir gece... Sabah olmasını istemedikleri bir gece... Yeni başlayacak tedavi, onları başkalaştıracak yarın.

- Bu gece hiç uyumayalım, olur mu?
- Olur. Filiz teyzen uyudu mu?
- Uyudu, evet.
- Hadi o zaman başlayalım.

İkisi de cep telefonlarını alıp, yataklarının içine girdiler. İlk mesaj genç kızdan geldi.

- Yarın saçlarınla vedalaşacaksın. Bana onlardan bir tutam verir misin? Öldüğüm güne kadar saklamak istiyorum.

- Yarın sen de vedalaşacaksın saçlarınla. O zaman bir tutam da ben senden istiyorum. Belki çocuklarımız olur. Bizden sonra saklayacak anlamlı bir şeyler beklerler, ne dersin?

- Öyle uzak geliyor ki söylediklerin. Önce bu illetten kurtulacağız. Sonra el ele çıkacağız bu hastaneden. Evlenip çocuk yapacağız. Hayal gibi.

- Umudunu yitirme. Sana yakışmıyor bu. Olmasa da beraber öldük deriz.

- Beraber ölmek. Hiç de kötü gelmiyor kulağıma. Seninle olduktan sonra...

- Yaşama beraber tutunmaya çalışan insanların birlikte ölmelerinden daha doğal ne olabilir. Ölümün bile güzeli var, bak.

- Ölümden söz etmeyelim bu gece. Bu gece birbirimizi ne kadar sevdiğimizi anlatalım.

- Sen bana rüzgârda kalbimi yakmayı öğrettin, biliyor musun? Bugüne kadar o kalbi hep başkaları yakmıştı. Ama şimdi ben yakıyorum. Rüzgârlara inat... Aşkın ateşiyle yakabiliyorum artık kendimi.

- Şimdiye kadar hep unuttuklarım çektirdi bana... Hatırladıklarım daha da fazla. Aşka inancım kalmamışken gönderdi Allah seni bana. Kalbini yakıyorsam, alevlerinde yanmak içindir.

- Âşık olan sürgün yerini doğduğu yer sanır. Ne garip bir kaderdir ki bu beni sana sürgün etti bu hastalıkla ama ben sürüldüğüm yerde doğdum yeniden senin aşkınla.

- Seviyorum seni. Yaşarsam, Allah bana yine yeniden bir

hayat verirse sevmeye devam edeceğim. Hem de hayatın bizi ölüme teslim eden gerçek olduğunu bile bile... Öle öle...

- İzlerinin olmadığı bir gökyüzü tabuttur bana. İçinde sen olmayan bir hayatı, içinde sen olan bir ölüme yeğlerim.

- Bir gün yanına kadar gelebilecek miyiz hep arkasından baktığımız zamanın? Ve o zaman bizi ne zaman kavuşturacak ölümün içindeki ölümsüzlüğe?

- Güneş her gün doğuyor ama hayat her gün yeniden başlamıyor. Bizimkisi, yitik bir umuda tutunmak belki ama tek umudumuz bir umuda tutunmak değil mi zaten? Zaman o umudu bize getirecek olan bir köprü sadece.

- İşte bu yüzden seviyorum seni. Benim sözsüzlüğümü, sessizliğinle anlatıyorsun aslında. Sen sadece içimdeki sözsüzlüğün değil, dünyadaki bütün dillerin anlattığısın.

- Hâlâ cesurum, hâlâ'ya rağmen. Ve bu cesaret senin eserin. İşte bu cesurlukla avuçlamak istiyorum adına kor dediğimi... Kendimi yakarcasına, sana yanarcasına...

- Aynı dipsiz kuyuya, aynı anda aynı insanla düşmek ve bundan hiç şikâyet etmemektir seni sevmek.

- Aşkım benim. Çok seviyorum seni. Yarın babamın en sevdiği saçlarım olmayacak. Ve ben bunun boşluğundan sana tutunarak çıkacağım. İyi ki varsın. İyi ki yanımdasın.

- Kalbimin aklı, aklının kalbinde saklı... Ve artık orada

atacak. Bensiz ölmeni istemiyorum. Çünkü o zaman, sensizlik tuhaf bir perspektif olacak... Uzaklaştıkça küçülmeyen...

- Sensizlik de benim için ölümdür. Ve sensizken zaten ölüyümdür. Hiçbir zaferi yok sensizliği yenmenin.

- Benden önce ölürsen, boşluğunu doldurmasınlar diye, bıraktığın boşluğa sıkıca sarılırım önce, sonra o boşluğa asarım kendimi...

- Hayır! Senden önce ölürsem, benden sonrası için yaşamalısın sen.

- Güya ölümden söz etmeyecektik bu gece, değil mi? Yıllarca gözbebeklerimizi fark edebilecek kadar yakın ama içindeki anlamı keşfedemeyecek kadar uzak olan insanlar girdi hayatımıza. Şimdi seninle manayı yeniden keşfetmişken ölmene izin veremem. Bugün kadar tazeyken sen, her şeyin dünde kaldığına kimse inandıramaz beni... Sen bile!

- Gelmeyi bilmeyenler beklemeyi öğretir en çok. Bu yüzden seni beklemeyi öğrenmişim ben bilmeden, o gidenlerden... Orada da beklerim seni. Yeter ki gelecek olan sen ol.

- İşte bundandır onca dalıma rağmen bir çiçek veremeyişim. Senin beklediğini bilmeden, bir bekleyenim olduğunu hissedişim. Ve çiçeklerimi sana saklayışım. Gitme! Bitme.

- Seni tanıdıktan sonra ölümden daha fazla korkmaya başladım. Ne tuhaf değil mi, bugüne kadar korkmadığım ölümden seninle korkmak?

- En acısı da neymiş, biliyor musun?

- Ne?

- Herkesin sana benzeyip kimsenin sen olmamasıymış. İnsanlar gördüm, hep varmış gibi gelip, hiç yokmuş gibi gittiler. Ne olur, sen gitme.

- Üzme kendini sevgilim. Asıl hayat, daha yaşamadıklarımızın içinde saklıdır. Belli mi olur kader. Bakarsın bitmeyiz.

- Bitmeyelim.

- Bitmeyelim.

- Ama yine de korkuyorum. Ya sonsuzluğa gidersen?

- O zaman şunu yap; öyle muhteşem unut ki beni, hiçbir şey hatırlatmaya kıyamasın.

Yan yataktan ağlama seslerini duydu delikanlı. Ve kendi gözyaşlarını da bıraktı yorganın altına. Sabah olmak üzereydi...

***

El ele çıktılar kemoterapi odasından. İkisinin de saçları yoktu artık. Onları öyle görüp üzülenlere inat, gülümsediler birbirlerine. Delikanlı bilemedi o gün aslında son kez güldüğünü. Çünkü yıkılan bir adam vardı hastane koridorunda. Delikanlının babası, oğlunu o halde görünce kalp krizi geçirdi oracıkta. Hemen alıp götürdüler yoğun bakıma. Ve bir daha girmedi adam o kapıdan o adaya. Eşinin yanına gömdüler. Ve bir daha hiç yüzü gülmedi delikanlının.

Üç ay sürdü tedavileri. İyiye gidiyorlar dedi doktorları. Tam da o günlerde aynı günde ağırlaştı durumları. Yoğun bakım ünitesine alındılar. Üç gün sonra tekrar odalarına... Bu kez çok daha fazla tetkik yapılmıştı. Ve sonuçlar gelmek üzereydi.

İkisi de derin bir uykuya daldı. Somyalarının ayakucundaki cebe kondu tahlil sonuçları. Sabah doktorlar açıklayacaktı nihai kararı. Sabaha karşı bir ara uyandı ve ayakucunda ayakta beklerken gördü delikanlıyı. Uykulu gözleri ve yorgun sesiyle sordu: "Deniz, neden oradasın?" Deniz cevap vermedi. Kız, gözlerini biraz ovuşturunca ayakta ona bakan delikanlının ağladığını gördü. "Deniz, neden ağlıyorsun? Ne oldu sana?" diye bağırdı son gücüyle. "Hiç" dedi delikanlı. Istıraplı bir "hiç" döküldü dudaklarından. Elindeki dosyayı aldığı yere koydu. Ertesi sabah açıklandı sonuçlar. Delikanlı iyileşecekti. Ama genç kızın sadece bir aylık ömrü kalmıştı. Sel oldu gözyaşları, aktı hastane koridorlarına. Yerlerde boğulan karıncalar vardı.

***

Son günlerini evinde geçirmek istedi genç kız. İkisi de çıktı hastaneden. Hiç mutlu değildiler onları birleştiren hastaneyi terk ederken. Delikanlı kızdan daha bitkindi. En geç bir ay sonra ölüm, sevdiğini kollarından alacaktı. Ayaklarını sürüye sürüye yürüdü delikanlı. Artık yaşamak istemiyordu. Ama aslında başka bir derdi vardı...

Nişanlandılar. Bir ay sonraya düğün günü aldılar. Öylesine inanıyorlardı ki ölmeyeceğine, gelinliği bile hazırdı genç kızın. "Hayır" diyordu delikanlı. "Sen ölmeyeceksin ve biz evleneceğiz. Çocuklarımız olacak."

Delikanlı, genç kızı öylesine inandırmıştı ki ölmeyeceğine, önce yüzündeki solgunluk, sonra çehresindeki ölüm çemberi yok oldu genç kızın. Bir ayın sonuna doğru onun öleceğine kimse inanmıyordu artık. Giderek daha da güçleniyordu genç kız. Delikanlıydı onu hayata bu denli bağlayan. Gece gündüz yanından ayrılmadı. Hep hayatın güzelliklerinden ve ölümün uzağından seslendi ona. Sevdiği filmleri izlediler, sevdiği şarkıları dinleyip, sevdiği yemekleri yediler hep. Ona şiirler yazdı delikanlı. Uyurken başından hiç ayrılmadı. Çok yoruldu, zayıfladı, sarardı ama asla onun hayattan kopmasına izin vermedi.

BİR AY SONRA

Ağıtlar ve gözyaşları arasında omuzlandı tabutu. Mezara kadar gözyaşları hiç dinmedi. Genç kız hâlâ inanamıyordu şu anda üzerinde damatlık duran tabutun içinde sevdiği delikanlının yattığına... Deniz ölmüştü. Tutamamıştı sözünü. Yalnız bırakmıştı Deniz'i... Tahliller karışmış herhalde dediler... Ve genç kız o zaman anladı o gece ayakucunda neden ağladığını Deniz'in...

Genç kızın bir tutam saçıyla birlikte, delikanlının kefene sarılı bedeni indirilirken mezara, kendi kendine konuşuyordu genç kız:

"Hiç olmayacak kadar imkânsızdın ve hiç oldun. Öyle bir gittin ki... Ben öyle bir kaldım ki... Yaşamayı öğretirken bana, ölümü neden sakladın ki... Şimdi nasıl yaşanır, nasıl nefes alınır, bana kim bunları öğretir ki? Bak öyle bir gittin ki, 'ki'ler bile bağlayamıyor bizi... Senin istediğin olacak ve ben senin için yaşayacağım Deniz'im... Uzaklarda bir yerlerde yaşadığını hissedercesine ama yaşamadığını bile bile... Deniz'ler ölmezdi, değil mi?

AŞK VE FEDAKÂRLIK

Yataklarda büyütülen fedasız aşklarla örülü dünyada, aşk adına her şeyinizi feda edebileceğiniz anlar vardır. Ama unutmayın ki uzaktan baktıkça çoğalan, dokundukça azalandır bazen aşk. Kaderin, insan kalbine sadece bir kere taktığı çelmedir. Kimse aşkta iki kez düşemez.

Fedakârlıksa, eskiyen zamanlara ait, naif ve kırılgan bir duygudur. Kaldırdığımız sandıktan çıkarmaya kıyamadığımız, neresinden tutarsak tutalım kırılacakmış gibi duran bir olgudur. Korkarsınız bazen ondan. Fedakârlığınızın sizi eksilttiğini düşünürsünüz. Oysaki fedakârsanız; rahatından kaybeden, mutluluğundan kazanansınızdır.

Fedakârlığından beklentisini karşılayamayan birey, bu merhametini zamanın tozlu raflarına kaldırır. Mutlu etmeyi mutlu olmaya tercih eden insanın işidir aslında fedakârlık. Bir yoktan iki var etmektir.

Karşılıklı fedakârlıksa, alım-satım işi gibidir. Her iki taraf da memnunsa sorun yok. Ama kişi karşılıksızca yapıyorsa bunu, aynı zamanda karşı tarafı da büyük sorumlulukların içine atıyordur bilmeden... Hele ki bu fedakârlık, aşkta karşı tarafın rızası olmadan yapılmışsa...

Görüyoruz ki karşılıksız olan fedakârlık, aşkta ters tepebiliyor bazen. Karşı tarafa suçluluk, eziklik ve eksiklik hissettirebiliyor. Fakat sanılanın aksine genelde kendini eksik hissedenler, kontrolsüz fedakârlıklarla karşı tarafı kendine borçlu bırakmaya çalışır. Kendi ezikliklerini ve eksiklerini fedakârlık zırhıyla kaplayarak karşı tarafa paylar. Eğer bunu yapan kişiyseniz, durum öyle bir hal alır ki...

İlişkiyi yürüten dinamiğin sizin yaptığınız fedakârlıklar olduğunu karşı tarafa hissettirip, ilişkide üstünlük elde ettiğinizi ve karşı tarafın asla sizin kadar fedakâr olamayacağını düşünürsünüz. Aslında kendi mutluluğunuza yatırım yapmaktır bu; benzer bir durumda benzer bir davranışı görmek için...

Bir yandan da fedakârlığınızın onu mutlu etmesinden mutlu olur ve bencilce bir mutluluğu yaşamaya devam edersiniz. Ama bir gün gelir, verdiklerinizle aldıklarınızın muhasebesini yapmaya başlarsınız içinizde. Yapmak istemediğinizi sırf karşı taraf istiyor diye yapmanız, sizi zamanla ödeşmelere iter.

Her iki tarafın da yalnızca kendisi yapıyormuş gibi hissettiği bir duygudur bazen fedakârlık. Gün geçtikçe yaptığınız fedakârlığın karşı taraftan da size dönmesini beklersiniz. İlişkiyi bir terazinin üstünde yürütmeye başlamışsınızdır artık. Ve her dengesizlik, yeni bir kavgayı da beraberinde getirir. Bir ilişkide kişiler, yaptıkları fedakârlıkları kavgalarında dile getirmeye başlamışlarsa, artık o bünyelerde sevgi bitmiş demektir.

Zorla fedakârlık olmaz. Kişi, kendi iradesiyle yapmalıdır bunu. Ve kendi arzusuyla yaptığı bir şey için "Senin için şunu yaptım, bunu yaptım, saçımı süpürge ettim" diye bağırıp çağırmamalıdır. Sessizce olmalıdır fedakârlık.

Büyük fedakârlıklar yapılan kişide, yapanın yükünün

ağırlığı kalır ve onun bilinçaltı kendini sürekli olarak karşı tarafa borçlu hisseder, devamlı karşılık vermeye ve o büyüklüğün altında kalmamaya odaklanır. Fedakârlığın anlamı görev bilinciyle yer değiştirir. Ve mutluluk kaybolur gider aranızda.

Mutlu olmayı istemek en masum bencilliktir. Aşkına karşılık isteyen birini mutlu eden şey ise ona verilecek karşılık değil, ona hibe edilecek fedakârlıktır. Aşk denen bebek, sevgi ve bağlılıkla ayağa kalkabilmişse, yalnızca ve yalnızca karşılıklı ve eşit fedakârlıkla yürüyebilecektir.

HAYAT VE AŞK

"Bir gün hayat ikiye ayırırsa bizi, dilerim benden kopan sen, kalan benden daha mutlu olursun" diye başlar hikâye. Ve hayat kaybettiklerimizi de ikiye katlar birdenbire. Bitmezler biter, gitmezler gider... Özgürlüğün içinde bir tutsaklık başlar. Yalnız bir yalnızlık olur sonrası... Ve yalnızlıklarımız birbirine benzemeye başlar. Oysa o yalnızlık, sadece yaralar insanı... Bizi asıl öldüren kimsesizliktir. Kimsesizlerin kalbi küçük olur. "Kimdim ki kimse oldum?" dedirtir adama. Baştan başlar bütün susmalar. Fayda etmez "Madem gidecektin, neden sana âşık olmama izin verdin?" demeler. Bitmezler biter, gitmezler gider.

Kaybedecek hiçbir şeyin kalmadıysa, hayat sana muhakkak kaybedecek yeni şeyler verir. Çizeceksin hayat denen bu resmi ve silgin yok elinde. Yanılıyor bak, her ayrılığı mesafe zannedenler! Zincirleme yalnızlıklar birikiyor her ayrılıkta. Bu yüzden kendini bir başka aşka sakla. Hayat bir acıyı bitirmek için çok uzun, bir aşkı öğrenmek içinse çok kısadır. Yaşamakla oyalanır insan, ölüm gelene kadar. Ve hayat biter ansızın... Bitmezler de biter, gitmezler de gider. Yanılır kalırız oysaki... Hayat değil, hayatlarımızdır biten!

Kimi insan yaşadığını zanneder yalnızlığın ortasında. Oysa yaşamıyor, sadece hayatta kalıyordur. Ölmeyi bile istemeyecek kadar bıkar hayattan. Kaybolur iki yokluk arasındaki mesafede. Neyi anlamaya çalıştığımızı anlamaya çalışırken geçip gitse de, yine de hayata tutunmalıdır insan. Çünkü yanılır, yaşama fazla bağlanmanın yaşamı da, ölümü de zorlaştırdığını düşünenler. Çok zaman düşünürüz; acaba hayat denen bu sahnede yaşadığımızı mı oynuyoruz, yoksa oynadığımızı mı yaşıyoruz diye.

Hayatı anlamak, geriye doğru bakmak kadar kolay, onu yaşamak geriye bakarken ileriye gitmek kadar zordur. Bitse de bitmezler, gitse de gitmezler, aşktır bizi diri tutan gerçekler! Çünkü aşk, yaşandığı süreden daha uzun sürer.

AŞK

Aşk yalnızca kendi dilini konuşur ama herkes onu anlar. Aşk, çok isteyip az bulduğumuz, bulduğumuzda da çabuk tükettiğimizdir. "Ben sana yol oldum, sen bana el" diyerek içimize sızısını gömeriz bazen. Ve bu sızıyı dilimiz sızlaya sızlaya anlatırız. Ki sözle değil, özle anlatılandır aslında aşk. Yine de anlatır, söyler dil. Fakat söylediğiniz, karşıdakinin duydukları değildir. Sessizliğin şifrelerini çözmeyi bilmiyordur daha kulaklar. Aşk öğretir!

Bazen, sevginizin şiddeti acıtır sevgiliyi, bazen de insanın kendi kalbine uyguladığı bir şiddete dönüşür aşk. Arasını bulamayız. Ya umursamazdır bir taraf, ya çok vericidir diğer taraf. Çamuru pırlantaya dönüştürürüz, bilmezler; bekleriz, gelmezler. Aştan atlarız sonra. Yolumuzu kaybederiz. Yine aşk buldurur!

Aşk bir yalanı seyretmektir bazen. O yalana inanmaksa, katiline yâr diye bakmaktır. Yokluğu varlığını özletir, varlığı yokluğunu. Aşk beklemeye doymaz; âşıksa aramaya... Aşkta bulduklarımız aradıklarımız değildir aslında. Ama o kadar hazırızdır ki bulmaya ve bulduklarımızı aradıklarımız sanmaya... Belki her yaşta öğrenilir ama aşk ezberlenmez!

Aşkı bilmek, aşkı yaşamak değildir. Aşkı her yaşayanın da

bildiği söylenemez zaten. Bir kişi için herkesi sevebilir insan, ya da bir kişi için herkesten nefret edebilir aşk uğruna. Yârin kollarındaki anne huzurudur o. Sebepli sebepsiz, durup durup aklınıza gelir; bazen de durmadan... Çok yakınımızdan geçen ve bir daha geçmeyeceğini düşündüğümüz bir fırsat gibidir aşk. Farkına varır, bir avcı gibi atlarız üstüne. Ve bir bakarız ki kendi yakaladığımızın yakaladığı oluvermişiz bir anda. Şehvet ve şefkatin aynı kalbe sığabilmesi ve birbirlerini rahatsız etmemesidir aşk. Bir vampirin, tüm açlığına rağmen sevdiğini boynundan öpebilmesidir aşk. Ve âşık adam sola çeker; iki kalp çarpar çünkü onda...

Aşk yorar!

Yorgunuz... Aşktan geliyoruz...

YİTİK

"Öylesine senim ki ben, beni öldürdüğünde intihar etmiş oluyorsun istemeden."

Denizin içindeki akvaryumdadırlar. Ne acıdır böylesi bir tutsaklık. Bir kocamanlığın içinde hiç kadar olmak... Her ayrılığı geriye doğru izler onlar. Tutunabilecekleri bir avuntu çıkıntısı ararlar. "Senli hayatımın son günü değil, sensiz hayatımın ilk günü bu" diye başlayan, yenilmişliğin belgesi şiirler yazarlar. Hiçbir rakıyla içilmez yitiklerin yalnızlığı. Kimi sevseler avuntu, kime dokunsalar pişmanlıktır. Mola süresi eksik bekleyişlerde her mutluluğa kiracıdır onlar. İnsanlar "Gitti" der, onların boşluk diye baktıklarına. Kalplerindeki çatlak kum saatinden boşa sızar zaman. Oturup zamanı izlerler fotoğraflardan... Ve bazı karelerin hatalarını keserler. Unutmak isterler gidenleri. Affetmeye o denli hazırken bir yanları, diğer yanları "Kalp kırıklıklarını unutursan özlersin onu" diye uyarır her "U" dönüşünde.

Ne deseler sağır, ne gösterseler kördür yitikler. Gittikleri yollar kendileriyle yürür her daim. Her ayrılıkta bildiklerini yeniden keşfetmekten yorgundurlar. Artık ne gelenler getirebilir sevdiklerini, ne gidenler götürebilir. Onlara, onları, onsuzlukta boğmayacak yalnızlıklar bırakmıştır gidenler. "Ne ben bizdeki seni değiştirebilirdim, ne sen bizdeki beni" derler ama yine de "Senden sonrasını taşımak öyle zor ki senden sonra" diye diye cümleler devirirler.

Ömür dediğin bir tırnak gibi batarken içimize, ne önceler kalır sende, ne sonralar onda. Hayat buz tutunca kışı da birdir, baharı da. Sessizlik normallerinin üstündeyse suskunluğun ve adı hep dilinin ucundaysa yine de... Söyleyip söyleyip eskitmekten korktuğun içindir lalliğin.

Renkli kâğıtlara sarılı yalanlarla kandırıyorsan seni, şarkılar hep başa sarıyorsa kendini, uykular onlu, günler onsuzsa, yaşadığına değmişse yaşamadıkların, iskelelerinden sökülmüş vapurlar gibi kopmuşsan hayattan ve ismi akıyorsa gözlerinden…

Bırak her şey bitsin.

Artık bir yitiksin.

BENİM KÜÇÜK MUCİZEM

Benim küçük mucizem,

Sevdiğin şeyler kaldı senden bana... Sevdiğin kitaplar, sevdiğin filmler, sevdiğin yerler... Bir de tek sevmediğin ben...

Ellerinin dokunduğu kitapları öpüp başıma koyuyorum her sabah. Gözlerin değdiği için, basitken güzelleşen kelimeleri ezberliyorum. Ayraç diye fotoğrafını kullanıyorum... Her sayfayı birbirinden ayırıyor ama beni sana daha çok bağlıyor.

Hâlâ iki bilet alıyorum bütün filmlere. Sanki benimleymişsin gibi. Sanki beraber izleyecekmişiz gibi... Yanımda boş bir koltuk olsun istiyorum... Başka bir kol bana değmesin diye.

Yine, gezdiğimiz yerlerin tarihini anlatıyorum... Yanımdasın sanki. Tarihe karışıyor sözlerim. Herkes deli olduğumu düşünüyor. Aldırmıyorum! Onlar sevmeyi yan yana olmak sanıyor.

Benim küçük mucizem,

Hayallerin kaldı senden bana... Görmek istediğin şehirler, bomboş giden otobüsler, hiç duymadığın öyküler... Bir de hayallerine almadığın ben.

Otobüslerde ayakta gidiyorum. Kimse yanıma oturmasın, oturup da benimle konuşmasın istiyorum. Senin indiğin durağa gelince düğmeye basıyorum. Kimse neden inmediğimi bilmiyor. Çünkü onlar sevmeyi beraber olmak sanıyor.

Bilmediğin hikâyeler duymak isterdin ya... Dinle bak, kalemim sana hiç duymadığın bir öykü yazıyor: "Sen beni yaktın ya, şimdi kime dokunsam tutuşuyor." Bak bu hikâye de aslında seni anlatıyor. Herkes, bunları sana neden okumadığımı, dilimi neden bağladığımı soruyor... Çünkü onlar susmanın kabullenmek olduğunu bilmiyor.

Benim küçük mucizem,

Gidişinle öğrettiklerin kaldı senden bana... Mesela, mucizelere ancak inandığımızda tanışabildiğimizi ve asıl mucizenin gidenin ardından ölmek değil, yokluğuna rağmen yaşamak olduğunu... Onun var olduğunu sandığımız bir yokluk, yok olduğuna inandığımız bir varlık gibi durduğunu...

Ah benim küçük mucizem!

Senden sonra kapılarımı hiç kapatmadım, olur ya belki karanlığa alışır, alışır da o karanlığı sever diye gözlerim. Bu yüzden çalmadan içeri girdiler, bu yüzden sormadan çekip gittiler. Yine seni bekledim, yine seni beklerim... Gelmeyeceğini bile bile, "Bir gün gelecek" diye diye... Öleceğini bilir de yine de ölümü unutursun ya işte, seni beklemek de biraz öyle...

Bu mucize senin değil, sen bir mucizesin... Cansın. Bana ölüme gülümsemeyi öğretensin. Ve öğrettikleriyle yaşatan bir vedasın. Pişman değilim seni sevmekten... Sen adıma yakışan en derin yarasın...

Benim küçük mucizem.

KOŞ

Askere gitmeme on gün vardı. Dayımın kırtasiye dükkânında emaneten çalışıyordum. Mayıstı. Sıcaklar yeni yeni çörekleniyordu şehre. Tezgâhın arkasında oturmuş kitap okuyordum. Birden onun sesiyle irkildim. "Kokulu silgi var mı abi?" diye sordu. Dükkâna girdiğini fark etmemiştim. Kafamı kaldırıp yüzüne baktım. On dört–on beş yaşlarındaydı. Altın sarısı saçları, deniz mavisi kocaman gözleriyle bana gülümsüyordu. Yüzündeki masum güzelliğe hayran oldum. Birkaç saniye seyrettim ay parçasını. "Var galiba küçük kız" dedim. Gülümsedi. Eğilip tezgâha aranmaya başladım. "Kaç lira abi?" dedi. Elinde sıkıca tuttuğu beş lirayı gördüm ve "Sana beş lira" dedim. Rahatladı. "Anneler Günü'nde anneme hediye alacağım" dedi tebessümle. Sonra sordu meraklı gözlerle: "Sen de alacak mısın kendi annene?" İçim buruk, "Benim annem yok" dedim. "Ama Anneler Günü var" dedi. Gülümsedim. "Benim de babam yok" dedi. "Ama Babalar Günü var" dedim. Gülümsedi. Sevindik.

Bulamadım kokulu silgileri. Karşı dükkâna baktım. Orada kesin vardır. Kapanmak üzereydi. "Koş" dedim. "Koş!" Kapanmadan yetişmesini istiyordum. "Koşamam" dedi kaygıyla. "Koş, bak kapanacak, alamayacaksın" dedim. Kapıya yöneldi. Denizde seken bir taş gibi gitti. İçime basa basa yürümeye çalıştı. O an, o dükkân başıma yıkıldı. Nasıl fark etmemiştim bir ayağının diğerinden kısa olduğunu... Seğirterek çıktı dükkândan. Öylece bakakaldım ardından. Sonra bir fren sesi duydum. Bir minibüs altına aldı küçük kızı. Koştum kucakladım. Kanlar içindeydi. Sonra annesi geldi hastaneye. Çok ağladık. Sol kaşının iki santim üstüne altı dikiş atıldı. İzi kaldı yüzünde. Suçluluk duygusu öldürmedi belki beni ama yaşatmadı da o günden sonra. Ayakları da ezilmişti. Her gün hastaneye gittim. Kokulu silgiler götürdüm. Tekerlekli sandalyeye oturttular onu. Kalbim o tekerleklerin altında kalsaydı keşke!

Askere gittim sonra. Kasaturayla sol kaşımın üstünü kestim ilk hafta. Revire kaldırdılar. Doktora, "Altı dikiş atın ve izi kalsın" dedim. Sonrası çok zor geçti askerliğimin. Mektuplar olmasa daha da zor geçecekti. İki yılın sonunda döndüm. Şubattı. Büyümüştü. Geç kız olmuştu neredeyse. Yine çok güzeldi. Sekerek de olsa yürüyebiliyordu. Ama en çok yüzündeki iz onu mutsuz ediyordu. Aynısı bende de vardı artık. "Kaza oldu" dedim. İnanmış gibi yaptı. Aynaya baktı ve "Bu iz yüzünden hiç sevgilim olmayacak" dedi. İnsanların o izden önce ayaklarını fark edeceğini bilemedi. "Ama Sevgililer Günü var" dedim. Bir gül uzattım.

O kazanın üstünden yirmi yıl geçti. Şimdi o benim on altı yıllık karım. Mutluyuz ve artık ayaklarını görmediğim kimseye "Koş" demiyorum.

SON

HAYATIN ŞİİRLERİ

ADAM GİBİ DÜŞ

Hayallerimi hayat yıkar
Ama ben hayatı hayallerimle yeniden kurarım
Bitmez tükenmez bir döngüdür gider
Ve bir bir geçer
Geçmesini istemediklerim

Sahip oldukların hak etmediklerin olabilir
Ve hak ettiklerine her zaman sahip olamayabilir insan
Hayallerin gerçeğe dönüşmese de şükret
Ya gerçeklerin hayale dönüşseydi?

İnsan söyledikleriyle değil
Yaptıklarıyla yürür
Sözden ziyade özde bulunur anlam
Daha uzun yaşamak değil
Daha güzel ölebilmek benim davam

Kendi kazdığın uçurumda
Başkasının dalına uzanma
Düşüyorsan adam gibi düş
Başka dalları kırma

GÜLLER VE DİKENLER

Yaşadığın aşkla tükettiğin yol denk değil birbirine
Ve sen hep alacaklısın aşktan
Ne acı, değil mi?
Böyleyken bile faturanın hep sana kesilmesi

Güvendiği için kaybeden kadar
Güvenmediği için kaybeden de var
O seni anlamadı ve gitti
Ve sen
Seni sevmelerini istediğin kadar
Bir daha sevemedin kimseleri

Denizler de kanarmış anladın
Yanından gidenler aklında kalırmış
Aklında kalanlar kalbinde yaşarmış
Aşk dediğin adamı bir çift göze satarmış
Giden gidermiş de
Güller ellerinde kalırmış
Ama dikenleri hep sana batarmış.

ARTIK

Kimin artığıydım ki
Bu kadar çabuk unutuldum
Nasıl bir hevestim ki
Kursakta bile kalamadım.

Ne de çabuk geçtim mevsiminden
Yağmurumsun dedin
Yağmama bile izin vermedin
Oysa yağmayan yağmurlar
Sevilmezdi, değil mi?

Sahte hayallerini süslesem ne çıkar
Sonuçta hayal ürünüydüm işte
Zor zamanında vardım
Aşk zamanında yoktum
Söyle
Kimin artığıydım ki
Bu kadar çabuk unutuldum.

Aşk acısına nasıl katlanılır bilemezsin sen
Çünkü acısına katlanacağın bir aşkın hiç olmadı
Sevmek o kadar basitti ki senin için
Bu yüzden her önüne geleni sevdin
Ve onlarca ölü bıraktın geride
Ben de ölecektim de
Hayat peşimi bırakmadı işte.

Bir insanı insanlıktan etmek
Senin için çok kolaydı
Sonramı düşünmeden
Şimdimi mahvettin
Belki yine kalkardım
Bir elim diğerinden tutardı
Ama senden sonra geleceklerin
Ne suçu vardı.

Sana olan aşkımı bilsen
Bana olan duyarsızlığından utanırdın
Madem dikenime katlanmak zor geliyordu
O zaman yapraklarımı neden okşadın?

MEZAR VE ÖLÜ

Sen benim hayata en uzun merhabamdın
Beni kısacık bir elvedaya nasıl sığdırdın
Meğer ne büyük saflıkmış
Senin kalın duvarlarından incelik beklemek
Halbuki aşkın çocuklarıydık biz
Basitti bize sığ sularda boyumuzdan büyük gemileri yüzdürmek
Ne çabuk değişti her şey
Her şey ne çabuk değişirmiş meğer
Zavallı kalbim hep kırgın hep ödünç
Ve ortasında hep aynı ağrı

Aşkın zehrini değil
Dozunu bilmek gerekir
Zaten bile bile içmiyor muyuz bu zehri
Bir yalana inanmak
İçimizdeki tüm gerçekleri öldürür bazen

Ben seninle gerçekleri de
Kendimi de öldürmüştüm
Ve yine seninle yaşatacaktım
Olmadı
Ama unutma
Bu aşkın sonsuzluğa gömülmesi
Seni mezar, beni ölü yapar
Yine ayrılmayız biz

BECERİKSİZ GERÇEKLERE USTA YALANLAR SÖYLÜYORUM

Bilseydim terk edeceklerini
Hep onları sever miydim?

Ne garip bir duygu
Seni bulanla vuranın aynı kişi olması
Giderken bıraktığın boşluğu
Artık gelişin bile doldurmaz
Bu yüzden gelme
Gelsen de beni bulma
Bulunca yoruyorsun.

Artık sen değil
Senden kalan acılar seni hatırlatıyor
Dudaklarımdaki ayrılık şarkısı
En çok kalbimi yakıyor.

Yıkılmadığımı sanman için
Sana, bana da iyi gelebilecek
Yalanlar söylüyorum
Bazen gerçekler
Yalanlardan daha beceriksizdir
Artık bunu çok iyi biliyorum.

YARA

Aslında hepimiz eski bir sevgilinin öldürdüğüyüz
Yine de yeni bir sevgiliye hayat verebiliyoruz
Aşk böyle bir şey işte
Birilerinin ardında bıraktığı cesetler
Başkalarının yeni hayatına dönüşebiliyor
Senden sonra hâlâ sevebiliyorum
Yokluğunun sızıları da azaldı
Tüm yaralarım iyileşti
Yalnızca seninkinin izi kaldı.

AFORİZMALAR

İmkânsız olduğun için cesaret edemediğimi sanmıştım, meğer cesaret edemediğim için imkânsız olmuşsun.

***

Yazarak bitirdim yokluğunu, şimdi varlığın da para etmiyor.

***

"Uyudun mu?" diye atılan her mesaj, "Seninle konuşmak istiyorum" demektir.

Baktığımda göremediğim, gördüğümde bakamadığımsın.

***

Yokluğun, senden sonra başıma gelen en büyük yalnızlıktır.

***

Öyle boş ki kalbim, gelsen dolmaz, kalsan olmaz.

Varlığımın değerini yokluğumla anlayanlar;
artık çok geç sizin için.

***

Seninleyken anlaşılmıyordu ki sensizlik.
Nasıl tanıyabilirdim bu yarayı?

***

Yüzüm kıpırtısız ve ifadesiz dursa da kalbim
sana atıyor hâlâ.

Sen de benim gibi ağlıyorsan, belli ki sende de var o yaradan.

***

Şairler, aşka yardım ve yataklıktan yargılanır.

***

Kadınlar, mantığıyla yapamadıklarını duygularıyla başarır.

Asıl mutsuzluğumuz, hep daha fazla mutluluk istemekten.

***

Aşkın çoğu kendini boğar.

***

Ben kendimi sen sanıyorken, sen kendini ne sanıyorsun?

Girdiğin yol seni düşündürüyorsa, yanlış yoldasındır.

***

Sen doğru ol, eğri zaten sırıtır.

***

Zaman geçirmekle zamanın içinden geçmek aynı şey değildir.

Sen bulmayı değil, aramayı seviyorsun. Bu yüzden yalnızsın.

***

Ne aradığını bilmeyene bulduğu her şey doğru gelir.

***

Yaran gerçekse onu hiçbir yalan örtemez.

Dün bugünsüzlükten, bugün yarınsızlıktan, yarın sensizlikten sorumlu.

***

Aşk, sorun yaşamamak değil, beraberce çözebilmektir.

***

Bir sabun kalıbı gibi kaybettin onu. Daha çok sahiplenmek adına sıktıkça sıktın, sıktıkça sıktın ve elinden kayıp gidiverdi.

Gençler hayal eder, yaşlılar unutur.

***

Anahtar güven verir... Ta ki bir kapı üzerinde unutulana dek...

***

Hep evet dersen seni çok severler, arada bir hayır dersen saygı da duyarlar.

Geçmişinle yaşamayı geçmişinde yaşamakla karıştırmamalısın.

***

İniş, "Sonunda zirvedeyim" dediğin yerde başlar.

***

Pişmanlık, hatalarını bilmendir ama hatalarını bilmen asla pişmanlık değildir.

Anlamadığını kınama.

***

Düşman bazen iyidir, savaşmayı öğretir.

***

Kalbin çöle döndükçe, yaşadığın her aşk erozyona uğrayacaktır.

Bazen yalan söyleyenler, her zaman yalan söyleyenlerden daha tehlikelidir.

***

Aşk hiçbir şeyle başlar.

***

Herkesin efendi olduğu yerde köle olmak ayrıcalıktır.

Gerçeğe çok yakın bir hayal, hayal değildir.

***

Tecrübeye akıl yetmez; zaman da ister.

***

Kendi eksiklerine bakmadan başkalarında mucizeler arama.

Hayat, hayat için çabalarken geçen bir süreçtir.

***

Uçarken değil, düşerken yanımda olanlar dostumdu. Ve düşmek, benim gibi düşenleri bana bulduruyordu. Kendim gibileri bulmaksa senin gibileri unutturuyordu.

***

Geleceğim, sen yine de bekleme.

Fakirin fakirlerin halinden anlamaması, zenginin fakirlerin halinden anlamamasından daha acı geliyor.

***

Aldatmak, tetiğe basıldığında karşısındakini yaraladığından çok geri teptiğiyle sahibini öldüren bir silahtır.

***

Geçmişteki kendine özlem duydukça, bugündeki adam olamazsın.

Bu dünyada hak edenler için mutlaka bir cehennem olmalı.

***

Ne kadar az yaşarsan, ömrün o kadar uzun oluyor.

***

Bütün insanlarla barışık olursam, kendime küsmek zorunda kalırım.

Beni ben yapan şeyler, seni sen yapmaya yetmeyebilir.

***

Aşk, en çok kadınları masumlaştırır.

***

Lafı neresinden anladığın, nerenle dinlediğine bağlıdır.

Kalır gibi gidişlerini izledim önce, sonra gider gibi kalışlarını...
Ve anladım ki ne sen gidebiliyorsun ne ben kalabiliyorum. Öyle bir hayat yaşıyoruz ki şimdi; ağlamak gülmenin mahkûmu, gülmek ağlamanın gardiyanı gibi sanki...
Ve anladım ki ne seninle ağlayabiliyorum, ne de sensiz gülebiliyorum.
Belki de sen aşka aşıktın, ben üstüme alındım bilmiyorum. Bir gün gerçekten seni terk edebilecek miyim onu da bilmiyorum. Üzerine sinen benin kokusunu duymadan yaşayabilecek misin?... Çünkü, senden geriye sadece sen kalana dek terk edilmiş olmuyorsun.

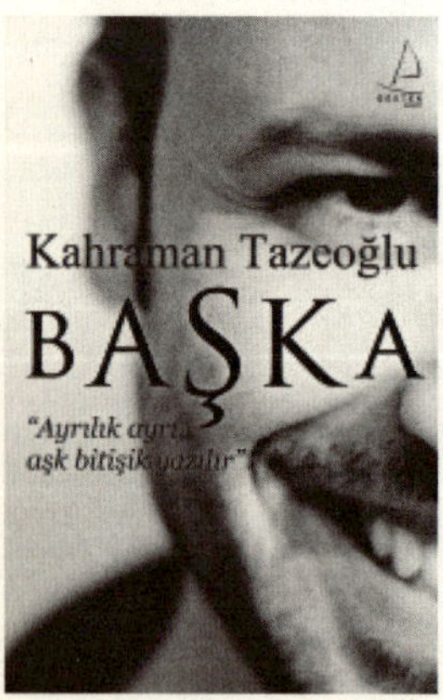

İşte gidiyordu. Bir daha hiç dönmeyecekti. Bir daha hiç olmayacaktı. Sadece bir "gitme" çıkabildi dudaklarımdan. Yüzüme baktı ve "Artık sözlerin merheme yara olmaya başlamışsa, içimdeki seni sus, içindeki beni duy" dedi ve sırtındaki ceketimi bankın üzerine bırakarak yürümeye başladı. Son sözleri bunlar olmamalıydı! Arkasından "Beni hiç almadığın hayatından böyle ucuz kovamazsın!" diye bağırdım. Geriye döndü ve "Davet edilmediğin yerden kovulmazsın" dedi. Son sözüydü. Gitti...

Ve bir yazar aşk yazmışsa sayfalara, kelimeleri daha mı anlaşılır okunur? Siz henüz adım atmadığınız halde görünen ufkunun çetrefilliğinde, yolları daha mı hızlı yürünür, gidilir? Ayrılıkla başlayan bir şarkının nakarata geldikçe vuslata ters ilerleyen sözlerinde, müziği daha mı kavuşulacakmış gibi dinlenir?

Aramadığın yerlerde olmayı seçiyorum nedense.
Karşılaşma ihtimalimizin olmadığı... olamayacağı.
İlk ışıktan sağa dönüyorum hep.
Senden değil, seninle karşılaşmaktan korkuyorum.
Şekil değiştirmişiz biz.
Ben giderken, sen gelirken değişen ne varsa bilmediğim; karşılaştığımızda bir şamar gibi inecek yüzüme sanırım.
O yüzden kaçıyorum karşılaşmalardan.

Ayrılık gurur duymalı seninle. Gidersen, sözün ayaklarına geçiyorsa, ayakların yakınımdan geçmeyecek! Ayrılığı seçtin mi büyük olacak ayrılık! Ayrılığı seçtin mi?...

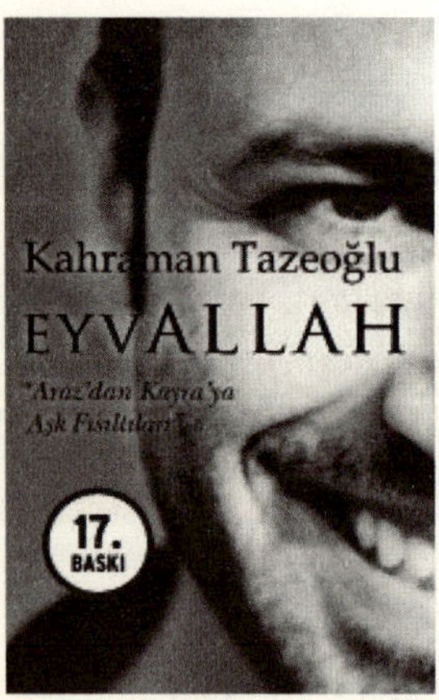

Kızma bana sitemkâr yazıyorum diye... Küskünlüğüm inan sana değil. Söz dinletemiyorum duygularıma, yüreğime. Saatler seni sen geçmiyor. Selamını getirmiyor rüzgarın nefesi. Yollar yolumu sana bağlamıyor. Sen bırakma beni.

Siz hiç başkasını öldürerek intihar
ettiniz mi?
hemen yarın birini sevin; çok sevin.
onu canınızın öbür tarafı yapın.
mesela, sevdiğiniz geceye ağladığında
karanlık üstünüze
yapışacak olsun ıslak ıslak.

....

Kapılar vardır kapanan... içten dışa,
dıştan içe...
içimizden dışımızdakilere
kapattıklarımız ve dışımızdakilerin
içe doğru yani bize kapattıkları.
Ve bazen bir kapı aralığında
unutuluyor adına aşk denebilecek bütün
bakışmalar.

Sen bana neleri öğrettiğini biliyor musun? İnsanın terk edildiğinde değil, unutulduğunda yalnızlaştığını ve unutulmanın insanoğluna verilmiş en büyük ceza olduğunu... insanı asıl yalnızlaştıranın, uzağındayken unutulmak değil, yakınındayken hatırlanmamak olduğunu...

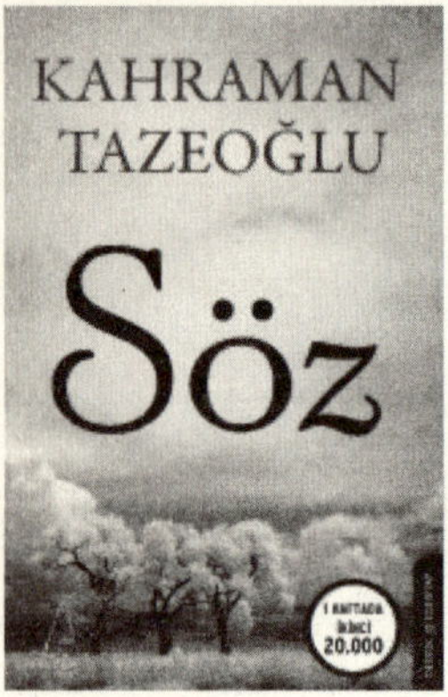

Altını çize çize okuduğunuz kitaplar vardır. Çok sayfalı kalın kitaplardır bazen bunlar. Günler, haftalar, hatta aylar sürer okuyup bitirmek. Bitirdiğinizde belki size hiçbir şey vermez o kitaplar ve harcadığınız zamana üzülürsünüz... Ama bir bakarsınız ki aklınıza bir çivi gibi mıhlanan altını çizdiğiniz o cümleler hayatınızı değiştirmiş, koca bir romandan kalan altı çizili üç-beş satır size hayatın anlamını öğretmiştir.

Yazdan kalma bir kış ölüsüyüz ikimiz
zaman alnımızda bilenen kör bıçak
şimdi
ve bilir misin ayrılmak vazgeçmek
gibidir
doğru değildir ama gereklidir

çünkü hayat olduğu gibidir
olması gerektiği gibi değil